POINTE BLANCHE

Anthony Horowitz

POINTE BLANCHE

ALEX RIDER
TOME 2

Traduit de l'anglais par Annick Le Goyat

Silhouette de couverture dessinée par Phil Schramm.
Reproduite avec l'autorisation de Walker Books (Londres).

Cet ouvrage a paru en langue anglaise
chez Walker Books (Londres)
sous le titre :
POINT BLANC

1

Chute libre

Michael J. Roscoe était un homme prudent.

La voiture qui le conduisait à son bureau, à sept heures trente chaque matin, était un modèle hors série, avec des portières en acier blindé et des vitres pare-balles. Son chauffeur, un agent du F.B.I. en retraite, était armé d'un pistolet Beretta semi-automatique et savait s'en servir. Cinq pas exactement séparaient la place réservée où se garait la voiture de la porte d'entrée de la Tour Roscoe, sur la Cinquième Avenue de New York, mais des caméras de télévision en circuit fermé le suivaient dès l'instant où il posait le pied à terre. Une fois les portes coulissantes refermées derrière lui, un réceptionniste en uniforme – lui aussi armé – le regardait traverser le hall et pénétrer dans son ascenseur privé.

La cabine d'ascenseur avait des cloisons en marbre blanc, une moquette bleue, une rampe argentée et aucun bouton. Roscoe pressa la paume de sa main contre une petite plaque de verre. Le détecteur lut ses empreintes, les contrôla et actionna l'ascenseur. La porte se ferma et la cabine le hissa au soixantième étage sans s'arrêter. Personne d'autre que lui ne l'utilisait, et l'ascenseur ne faisait jamais halte aux autres étages. Pendant la montée, le réceptionniste annonçait par téléphone l'arrivée de Roscoe à sa secrétaire.

Toutes les personnes qui travaillaient dans son entourage proche avaient été triées sur le volet, et leur vie passée au crible. Il était impossible de le rencontrer sans avoir rendez-vous, et obtenir un rendez-vous pouvait prendre trois mois.

Quand on est riche, il faut être prudent. Il y a des escrocs, des kidnappeurs, des terroristes... des désespérés et des déshérités. Président de la Roscoe Électronique, neuvième ou dixième fortune mondiale, Michael J. Roscoe était extrêmement précautionneux. Depuis que son visage avait fait la couverture de *Time Magazine* sous le titre accrocheur « Le Roi de l'Électronique », il avait conscience d'être devenu une cible de premier choix. C'est pourquoi, en public, il marchait d'un pas rapide et la tête penchée.

Ses lunettes avaient tout spécialement été choisies pour dissimuler le plus possible son beau visage. Il portait des vêtements de luxe mais anonymes. Quand il se rendait au théâtre ou à un dîner, il arrivait toujours à la dernière minute afin de ne pas traîner dans les parages. Sa vie était truffée de systèmes de sécurité divers et variés, qui l'avaient d'abord fortement agacé, avant de devenir simple routine.

Interrogez n'importe quel espion ou agent de sécurité, il vous dira que la routine est la meilleure façon de se faire tuer. La routine informe l'ennemi sur le lieu et l'heure de vos déplacements. La routine allait causer la perte de Michael J. Roscoe. Or, c'est ce jour-là, précisément, que la mort avait décidé de le frapper.

Bien entendu, Roscoe ne s'en doutait pas lorsque, sortant de l'ascenseur, il déboucha directement dans son bureau, une vaste pièce qui occupait tout l'angle de l'immeuble, avec d'immenses baies vitrées qui donnaient, au nord, sur la Cinquième Avenue, et, à l'ouest, sur Central Park. Sur les deux murs restants, il y avait, en tout et pour tout, une porte, une bibliothèque basse et, près de l'ascenseur, un unique tableau. Un bouquet de fleurs signé Vincent Van Gogh.

Le plateau en verre noir du bureau était tout aussi dépouillé : un ordinateur, un calepin relié de cuir noir, un téléphone, et une photographie encadrée d'un adolescent de quatorze ans. Roscoe ôta sa veste, s'assit et se surprit à contempler la photo. Cheveux blonds, yeux bleus, taches de rousseur, le jeune Paul Roscoe était le portrait craché de son père quarante ans plus tôt. Ce dernier avait maintenant cinquante-quatre ans et commençait à laisser deviner son âge, en dépit d'un bronzage permanent. Son fils était presque aussi grand que lui. La photo avait été prise l'été précédent, à Long Island. Ils avaient passé la journée en voilier et, le soir, fait un barbecue sur la plage. Un des rares moments heureux qu'ils aient jamais partagés.

La porte s'ouvrit et la secrétaire entra. Helen Bosswell était anglaise. Elle avait quitté son pays et son mari pour venir travailler à New York, et s'en réjouissait à chaque minute. Il y avait maintenant onze ans qu'elle travaillait dans ce bureau. Jamais elle n'avait oublié un détail ni commis une erreur.

— Bonjour, monsieur Roscoe.

— Bonjour, Helen.

Elle ouvrit un dossier devant lui.

— Voici les derniers chiffres de Singapour. Les estimations sur l'agenda électronique R-15. Vous déjeunez avec le sénateur Andrews à douze heures trente. J'ai fait une réservation au....

— Vous avez pensé à téléphoner à Londres ? la coupa Roscoe.

Helen Bosswell tressaillit. Elle n'oubliait jamais rien. Alors pourquoi lui posait-il la question ?

— J'ai appelé le bureau d'Alan Blunt hier après-midi. Mais, avec le décalage horaire, il était déjà tard à Londres et M. Blunt était parti. Toutefois je vous ai arrangé un rendez-vous téléphonique avec lui cet après-midi. Nous pourrons vous le passer dans votre voiture.

— Merci, Helen.

— Je vous fais porter votre café ?

— Non, merci. Pas de café aujourd'hui.

Helen Bosswell quitta la pièce, sérieusement alarmée. Pas de café ? Et ensuite, quelle autre surprise lui réservait-il ? M. Roscoe ne débutait jamais sa journée sans un double express. Était-il malade ? Ces derniers temps, il n'était plus tout à fait lui-même... Très exactement depuis que Paul était revenu de son pensionnat, dans le sud-est de la France. Et puis il y avait cet appel téléphonique à Londres ! Personne n'avait précisé à Helen qui était Alan Blunt, mais elle avait lu son nom dans un dossier. C'était un ponte des Services secrets britanniques, le MI 6. Pourquoi diable M. Roscoe voulait-il s'entretenir avec un espion ?

Helen Bosswell regagna son bureau et se calma les nerfs, non pas avec du café – elle ne supportait pas ce breuvage –, mais avec une désaltérante tasse de thé anglais. Quelque chose de bizarre se tramait et elle n'aimait pas cela. Elle n'aimait pas cela du tout.

Pendant ce temps, soixante étages plus bas, un homme était entré dans le hall de l'immeuble, vêtu d'une salopette grise avec un badge sur la poitrine. Le badge l'identifiait comme étant Sam Green, technicien de maintenance des Ascenseurs Ex-Press. Il tenait une mallette dans une main et, dans l'autre, une grosse boîte à outils métallique. Il posa les deux sur le sol devant le guichet de la réception.

Sam Green n'était pas son vrai nom. Ses cheveux noirs et un peu gras étaient faux, ainsi que ses lunettes, sa moustache et ses dents irrégulières. Il paraissait cinquante ans mais en avait à peine trente. Personne ne connaissait sa véritable identité. Il faut dire que, dans son milieu, un nom est la dernière chose que l'on puisse se permettre. Surnommé le Gentleman, il était l'un des meilleurs tueurs à gages du monde, et l'un des mieux payés. On l'avait baptisé ainsi parce qu'il envoyait toujours des fleurs aux familles de ses victimes.

Le réceptionniste lui jeta un coup d'œil.

— Je viens pour l'ascenseur, expliqua le Gentleman (il parlait avec l'accent du Bronx, bien qu'il n'ait jamais passé plus de huit jours dans ce quartier déshérité de New York, au nord de Manhattan).

— Qu'est-ce qu'il y a encore ? demanda le réceptionniste. Vous êtes déjà venus la semaine dernière.

— Ouais, je sais. On a trouvé un câble défectueux sur l'ascenseur n° 12. Mais on n'avait pas les pièces pour le remplacer. Alors je suis revenu terminer le boulot. (Le Gentleman sortit de sa poche un bout de papier froissé.) Vous voulez appeler mon chef ? Voilà ma feuille de service.

Si le réceptionniste avait téléphoné aux Ascenseurs Ex-Press, il aurait appris qu'ils employaient en effet un dénommé Sam Green, mais que celui-ci ne s'était pas montré depuis deux jours. Et pour cause ! Le véritable Sam Green se trouvait au fond de la rivière Hudson, avec un couteau planté dans le dos et un bloc de ciment de dix kilos attaché aux pieds. Mais le réceptionniste ne téléphona pas. Le Gentleman était certain qu'il ne se donnerait pas cette peine. Après tout, les ascenseurs tombaient régulièrement en panne et des techniciens allaient et venaient sans arrêt. Un de plus ou de moins, quelle importance ?

Le réceptionniste fit un signe de tête et dit :

— Allez-y.

Le Gentleman fourra le papier dans sa poche, ramassa sa mallette et sa boîte à outils, et se dirigea vers les ascenseurs. Douze cabines desservaient le gratte-ciel, la treizième, au bout de la rangée, étant réservée à l'usage exclusif de Michael J. Roscoe. Au moment où le Gentleman entra dans l'ascenseur n° 12, un garçon de courses portant un paquet voulut le suivre.

— Désolé, dit le Gentleman. Bloqué pour cause d'entretien.

La porte coulissa. Il était seul. Il pressa le bouton du soixante et unième étage.

On lui avait confié ce contrat une semaine plus tôt à peine. Il avait dû opérer vite – tuer le véritable technicien de maintenance, prendre son identité, apprendre la disposition de la Tour Roscoe, et se procurer le matériel sophistiqué qui lui serait indispensable. Ses employeurs voulaient que le milliardaire soit éliminé le plus vite possible. Plus important, il fallait que sa mort ressemble à un accident. Pour ce travail, le Gentleman avait exigé – et obtenu – deux cent mille dollars américains. L'argent serait versé sur un compte bancaire en Suisse. La moitié à la « commande », le reste après l'exécution du contrat.

La porte de l'ascenseur s'ouvrit. Le soixante et unième étage était réservé à la maintenance de l'immeuble. Il abritait les réservoirs d'eau en cas d'incendie, les ordinateurs qui contrôlaient le chauffage, la climatisation, les caméras de sur-

14

veillance et les ascenseurs. Le Gentleman mit la cabine hors service en utilisant la clé de fonctionnement manuel qui avait appartenu à Sam Green, puis se dirigea vers la salle des ordinateurs. Il en connaissait l'emplacement exact. Il l'aurait trouvée les yeux bandés. Il ouvrit la mallette, divisée en deux compartiments. Le compartiment inférieur contenait un ordinateur portable. Au-dessus était rangé tout un assortiment de forets, tournevis et autres outils soigneusement fixés.

Il lui fallut quinze minutes pour s'infiltrer dans l'unité centrale du système informatique et connecter son portable au circuit. Venir à bout des dispositifs de sécurité lui prit un peu plus longtemps. Il pianota sur son clavier. À l'étage au-dessous, l'ascenseur privé de Michael J. Roscoe effectua une manœuvre inusitée : il monta au niveau supérieur, c'est-à-dire le soixante et unième. La porte, toutefois, resta fermée. Le Gentleman n'avait pas besoin d'y entrer.

Il emporta sa mallette et sa boîte à outils dans la cabine n° 12 par laquelle il était venu. Là, il tourna la clé de mise en marche manuelle et pressa le bouton du soixantième étage. Après quoi il la désactiva de nouveau. Il leva les deux mains et donna une poussée contre le plafond. Une trappe s'ouvrit. Il fit passer la mallette et la boîte à outils, puis se hissa sur le toit de la cabine. Il était entouré de poutrelles et de tuyaux noircis par l'huile et la crasse. D'épais câbles d'acier suspendus bourdonnaient en montant ou descendant leurs charges. Le Gentleman regarda en bas et vit un tunnel sans fin, seulement éclairé par les rais de lumière filtrant des portes des autres ascenseurs, sur la gauche, qui s'ouvraient et se fermaient à différents niveaux. Bizarrement, un courant d'air venu de la rue soufflait de la poussière qui lui piquait les yeux. À droite, juste à côté de lui, se trouvait la porte qui, si elle avait été ouverte, l'aurait mené directement dans le bureau de Michael J. Roscoe. Au-dessus de la porte, il voyait le socle de la cabine d'ascenseur privée de Roscoe, hissée au soixante et unième étage.

Il ouvrit avec précaution sa boîte à outils. L'intérieur en était rembourré de mousse épaisse. Dans un compartiment spécialement moulé, se trouvait ce qui ressemblait à un projecteur de films sophistiqué, argenté, concave, avec d'épaisses lentilles de verre. Il le sortit, puis regarda sa montre. Huit heures trente-cinq. Il lui faudrait une heure pour connecter l'appareil au plancher de la cabine d'ascenseur de Roscoe, et quelques minutes de plus pour vérifier si le dispositif fonctionnait. Il avait largement le temps.

Souriant, le Gentleman sortit un tournevis à pile et se mit au travail.

À midi, Helen Bosswell annonça par téléphone :

— Votre voiture est là, monsieur Roscoe.

— Merci, Helen.

Roscoe n'avait pas fait grand-chose, ce matin-là. Il n'avait pas l'esprit à travailler. Une fois de plus, il contempla la photographie posée sur son bureau. Paul. Comment les choses pouvaient-elles se détériorer à ce point entre un père et son fils ? Que s'était-il produit au cours des derniers mois pour les aggraver ainsi ?

Il se leva, enfila sa veste et traversa le bureau pour se rendre à son rendez-vous avec le sénateur Andrews. Il déjeunait souvent avec des politiciens. Ils avaient besoin tantôt de son argent, tantôt de ses idées... tantôt de ses relations. Un homme aussi riche que Roscoe était un ami puissant et les politiciens recherchent toutes les amitiés possibles.

Il pressa le bouton d'appel de l'ascenseur. La porte s'ouvrit et il fit un pas en avant.

La dernière chose que vit Michael J. Roscoe fut une cabine d'ascenseur avec des parois de marbre blanc, une moquette bleue et une rampe argentée. Son pied droit, chaussé d'un mocassin de cuir noir, fabriqué sur mesure par un bottier de Rome, passa au travers de la moquette... et continua. Le reste de son corps suivit. Il fit une chute de soixante étages avant de trouver la mort. Sa surprise et son incompréhension furent telles qu'il ne poussa même pas un cri. Il tomba simplement dans les ténèbres, heurta par deux fois les parois de la colonne d'ascenseur, puis s'écrasa sur le ciment du rez-de-chaussée, deux cents mètres plus bas.

L'ascenseur resta où il était. Il paraissait bien solide mais en réalité il n'était pas là. Ce dans quoi Roscoe avait cru entrer était en fait un hologramme, projeté dans l'espace vide où aurait dû se trouver la vraie cabine. Le Gentleman avait programmé la porte afin qu'elle s'ouvre lorsque Roscoe presserait le bouton d'appel, et il avait tranquillement regardé celui-ci tomber dans le vide. Si le milliardaire avait levé les yeux, il aurait vu l'appareil de projection d'hologramme émettre l'image lumineuse. Mais un homme qui entre dans un ascenseur pour se rendre à un déjeuner d'affaires regarde rarement en l'air. Le Gentleman le savait. Le Gentleman ne se trompait jamais.

À douze heures trente-cinq, le chauffeur appela le bureau pour dire qu'il attendait toujours M. Roscoe. Dix minutes plus tard, Helen Bosswell alerta le service de sécurité, qui entreprit des recherches. À treize heures, ils téléphonèrent au restaurant. Le sénateur attendait toujours son invité.

Le corps du milliardaire ne fut découvert que le lendemain, et sa disparition commentée dans tous les médias. Un accident étrange, dont personne ne s'expliquait les causes ni les circonstances. Car, bien entendu, le Gentleman avait reprogrammé le circuit central, enlevé le projecteur et tout remis en place avant de quitter paisiblement l'immeuble.

Deux jours plus tard, un homme qui ne ressemblait en rien à un technicien de maintenance entrait dans l'aéroport international John-Fitzgerald-Kennedy. Il avait un billet d'avion à destination de la Suisse. Avant de s'envoler, il se rendit chez un fleuriste et fit envoyer une douzaine de tulipes noires à une certaine adresse. L'homme paya en espèces. Il ne laissa pas de nom.

2

L'ombre bleue

On ne se sent jamais plus seul qu'au milieu de la foule. Alex Rider traversait le terrain de jeux, entouré de centaines de garçons et de filles de son âge. Tous allaient dans la même direction, tous portaient le même uniforme gris et bleu, et tous avaient sûrement la même chose en tête. Le dernier cours venait de se terminer. Devoirs, dîner et télévision allaient probablement, pour chacun d'eux, combler les dernières heures de la soirée. Une nouvelle journée d'école s'achevait. Alors pourquoi Alex se sentait-il aussi étranger à cette routine quotidienne ? Il avait l'impression de voir les dernières semaines du trimestre à travers un gigantesque écran de verre.

Il balança son sac à dos sur une épaule et poursuivit son chemin vers le garage à bicyclettes. Le sac était lourd. Comme d'habitude, il contenait le double de devoirs que ses camarades : français et histoire ce jour-là. Ayant manqué deux semaines de classe, il avait beaucoup de travail à rattraper. Ses professeurs ne s'étaient guère montrés compatissants. Ils ne lui avaient fait aucune remarque, certes, mais quand il avait présenté la lettre du médecin (« ... *une grosse grippe avec complications...* »), ils avaient hoché la tête avec un petit sourire entendu. Un garçon un peu trop dorloté, voilà ce qu'ils pensaient. Bien sûr, ils lui trouvaient des circonstances atténuantes. Tout le monde savait qu'Alex n'avait plus ses parents et qu'il vivait, jusqu'à ces derniers temps, chez son oncle, lequel avait péri dans un accident de voiture. Mais tout de même. Deux semaines au lit ! Même ses amis les plus proches trouvaient que c'était un peu exagéré.

Alex ne pouvait leur dire la vérité. Il n'avait pas le droit de raconter à quiconque ce qui lui était arrivé. C'était ça, le pire.

Il jeta un coup d'œil autour de lui. Le flot des élèves se déversait par le grand portail du collège, certains en dribblant avec un ballon de football, d'autres avec leur téléphone mobile collé à l'oreille. Les professeurs, de leur côté, se dirigeaient vers leurs voitures. Tout d'abord, il lui avait semblé que l'école avait changé pendant son absence. Puis il avait compris qu'il s'agissait de quelque chose de plus grave. Rien n'avait changé. C'était lui qui était différent.

À quatorze ans, Alex était un élève ordinaire dans un collège ordinaire d'un quartier ouest de Londres. Du moins c'est ce qu'il avait été auparavant. Quelques semaines plus tôt, il avait découvert que son oncle était un agent secret du MI 6. Ian Rider avait été assassiné et le MI 6 avait contraint Alex à le remplacer au pied levé. On lui avait donné une formation ultra-rapide dans un camp militaire d'entraînement aux techniques de survie, et on l'avait ensuite envoyé sur la côte sud de l'Angleterre pour une mission périlleuse. Il avait été pourchassé, mitraillé, et avait failli être tué. Pour finir, le MI 6 l'avait réexpédié à l'école comme si rien ne s'était passé. Mais seulement après l'avoir obligé à signer un formulaire officiel. Alex en souriait encore. À quoi bon s'engager à garder le secret ? Qui l'aurait cru, de toute façon ?

Pourtant c'était ce secret qui lui pesait désormais. Aux questions qu'on lui posait sur son absence, il devait répondre qu'il avait passé deux semaines au lit, à lire et à traîner dans la maison. Il ne tenait pas à se vanter de ses exploits mais il détestait mentir à ses amis. Ça le mettait en rage. Le MI 6 ne lui avait pas seulement fait courir des dangers, il avait enfermé sa vie entière dans un classeur et jeté la clé.

Dans le garage à bicyclettes, quelqu'un lui lança un « Salut, à demain ! », auquel il répondit d'un signe de tête, puis il releva la mèche de cheveux blonds qui lui tombait sur les yeux. Parfois il rêvait que toute cette histoire n'avait jamais eu lieu. En même temps, il était bien forcé d'admettre qu'il y avait pris goût. Désormais il se sentait étranger à ce monde confortable et tranquille du collège Brookland. Trop de choses avaient changé dans sa vie et, à la fin de la journée, il avait envie de tout sauf d'un surcroît de devoirs scolaires.

Il ôta l'antivol de son vélo, enfila les sangles de son sac à dos, et se prépara à partir. C'est alors qu'il remarqua la voiture blanche déglinguée. C'était la deuxième fois, cette semaine, qu'il la voyait garée devant l'école.

Tout le monde connaissait son conducteur.

Une vingtaine d'années, le crâne entièrement rasé, deux trous noirs à la place des dents de devant, et cinq clous de métal dans une oreille. On ne connaissait pas son nom, mais on le surnommait Skoda, comme la marque de sa voiture. Certains disaient qu'il se prénommait Jake et qu'il était un ancien élève de Brookland. Si c'était vrai, il venait y rôder tel un fantôme importun. Ici une minute, évanoui la minute suivante. Et ceci, toujours quelques secondes avant l'apparition d'une voiture de police ou d'un professeur inquisiteur.

Skoda vendait de la drogue. Des drogues douces aux plus jeunes, des drogues plus dures aux plus âgés assez stupides pour lui en acheter. Il paraissait incroyable que Skoda puisse vendre ses petits sachets en plein jour et s'en tirer aussi facilement. Bien sûr, il y avait le code d'honneur de l'école. On ne dénonçait pas quelqu'un à la police, pas même un voyou comme Skoda. Et puis il y avait toujours la crainte que le dealer entraîne dans sa chute les élèves qu'il fournissait. Des camarades de classe, des amis.

La drogue n'avait jamais été un problème majeur à Brookland, mais depuis peu la situation avait évolué. Un petit groupe de grands élèves avait commencé à acheter la marchandise de Skoda – ce qui avait entraîné les conséquences habituelles : quelques vols, des bagarres, des enfants contraints par la force de donner leur argent de poche. Plus la drogue de Skoda se vendait, plus elle devenait chère. Et elle n'avait jamais été bon marché.

Alex observa un garçon à la forte carrure, avec des cheveux noirs et le visage rongé par l'acné, s'approcher d'un pas traînant de la voiture, s'arrêter près de la vitre avant, et repartir. Il éprouva un sursaut de colère. Ce garçon s'appelait Colin. Un an plus tôt, il comptait parmi ses meilleurs copains.

Tout le monde aimait bien Colin. Mais il avait changé. Il était devenu morose et renfermé. Ses résultats scolaires avaient chuté. Très vite, plus personne n'avait voulu le fréquenter. Tout ça à cause de la drogue. Alex, quant à lui, ne s'était jamais laissé tenter. Ça ne l'intéressait pas. Mais il s'apercevait avec inquiétude que l'homme à la voiture blanche n'empoisonnait pas seulement une poignée d'élèves. Il empoisonnait l'école entière.

Un policier en patrouille apparut au bout de la rue, se dirigeant vers le collège. Aussitôt la voiture blanche démarra, laissant un nuage noir dans son sillage. Alex bondit sur son vélo sans réfléchir et se mit à pédaler comme un fou, évitant de justesse la secrétaire qui se trouvait sur son chemin.

— Pas si vite, Alex ! cria-t-elle en vain.

Elle poussa un soupir. Mlle Bedfordshire avait toujours eu un faible pour lui. Elle était la seule personne de Brookland à s'être demandé si l'absence d'Alex n'avait pas une autre raison que celle invoquée par le médecin.

La voiture blanche accéléra, tourna à gauche, puis à droite. Alex crut l'avoir perdue. Mais après avoir sillonné les petites rues qui rejoignaient King's Road, encombrée par les inévitables bouchons de cette heure de pointe, il l'aperçut bloquée dans la circulation, à deux cents mètres de lui.

La vitesse moyenne dans Londres est, en ce commencement de vingt et unième siècle, moins rapide qu'à l'époque de la reine Victoria. Pendant les heures normales de circulation, n'importe quelle bicyclette peut distancer une voiture sur n'importe quel trajet. Or, Alex n'avait pas n'importe quelle bicyclette. Il avait toujours son vélo de compétition junior, spécialement adapté à sa taille dans l'atelier établi dans la même rue de Holborn depuis plus de cinquante ans. Il l'avait récemment amélioré de freins intégrés et d'un système de levier de vitesses ajusté sur le guidon. Il lui suffisait d'un geste du pouce pour enclencher une vitesse, et les pignons en titane super-léger se mettaient souplement en mouvement.

Il rattrapa la voiture juste au moment où elle tourna le coin de la rue pour se couler dans la circulation de King's Road. Alex ne craignait pas trop que Skoda sorte de Londres. Quelque chose lui disait qu'il ne ferait pas un long trajet. Le revendeur de drogue n'avait pas choisi Brookland uniquement parce qu'il y avait fait ses études. L'école devait sans doute se trouver dans son rayon d'action, pas trop près de chez lui mais pas trop loin non plus. Le feu passa au vert et la voiture blanche démarra en hoquetant en direction de l'ouest. Alex pédalait lentement, en prenant soin de laisser quelques voitures entre eux pour le cas où Skoda regarderait dans le rétroviseur. Ils arrivèrent au carrefour surnommé « le Bout du Monde », où la circulation devint subitement plus fluide. Alex dut changer de vitesse et pédaler avec plus d'énergie pour ne pas être distancé. La voiture blanche traversa Oarson's Green et obliqua vers Putney. Alex passa d'une file à l'autre, coupa la route d'un taxi – ce qui lui valut un coup de klaxon furieux. Il faisait chaud et il sentait le poids de ses manuels de français et d'histoire lui tirailler les épaules. Jusqu'où Skoda allait-il le mener ? Et que ferait-il une fois sur place ? Alex commençait à se demander s'il avait eu une bonne idée, lorsque la voiture ralentit et tourna. Ils étaient arrivés.

Skoda s'était garé sur une aire grossièrement bétonnée, un parking provisoire proche de la Tamise, à côté du pont de Putney. Alex resta sur le pont, laissant les voitures le doubler, et observa le trafiquant de drogue descendre de son véhicule et s'éloigner. Le site était en plein chantier : un nouvel immeuble d'appartements de luxe prenait son envol vers le ciel de Londres. Pour l'instant, ce n'était qu'un vilain squelette de poutrelles d'acier et de dalles de béton préfabriquées, cerné par un essaim d'hommes casqués. Il y avait des bulldozers, des bétonnières, et, les dominant tous, une

gigantesque grue jaune canari. Une pancarte
signalait :

> # Riverview House
>
> ## Bureau d'accueil : visiteurs

Skoda faisait-il des affaires ici ? Il paraissait se
diriger vers l'entrée. Mais il changea de direction.
Alex le suivit des yeux, intrigué.

Le chantier était situé entre le pont et un
ensemble de bâtiments modernes. Il y avait un pub,
puis ce qui ressemblait à un centre de conférences
flambant neuf, et enfin un commissariat de police
avec un parking à moitié occupé par des voitures
officielles. Juste à droite, une jetée en bois s'avançait dans la rivière. Deux yachts y étaient amarrés,
ainsi qu'une vieille péniche qui rouillait doucement
dans l'eau trouble. Alex n'avait pas tout de suite
remarqué la jetée, mais Skoda s'y engagea directement et grimpa sur la péniche. Il ouvrit une porte
et disparut à l'intérieur. Habitait-il ici ? Étant

donné l'heure, il était peu probable que Skoda s'apprête à faire une croisière sur la Tamise.

Alex reprit son vélo, roula doucement jusqu'à l'extrémité du pont et descendit sur le parking. Il laissa son vélo et son sac à dos hors de vue et continua à pied, de plus en plus lentement à l'approche de la jetée. Il n'avait pas peur d'être surpris. C'était un lieu public et, même si Skoda réapparaissait, il ne pourrait rien faire contre lui. Mais Alex était intrigué. Que faisait le trafiquant de drogue sur la péniche ? C'était un drôle d'endroit pour faire une halte. Alex n'avait pas d'intention précise, juste envie de jeter un coup d'œil. Ensuite il déciderait.

La jetée de bois craqua sous ses pas. La péniche s'appelait *L'Ombre bleue*, mais il restait bien peu de bleu sur la peinture écaillée, les garde-fous rouillés et les ponts couverts d'huile. Massive et carrée, elle mesurait une dizaine de mètres de long et ne possédait qu'une seule cabine au milieu. Elle flottait très bas sur l'eau et Alex supposa que les quartiers d'habitation se trouvaient au-dessous du niveau de flottaison. Il s'agenouilla sur la jetée en feignant de relacer ses chaussures, dans l'espoir d'apercevoir quelque chose à travers les hublots étroits et inclinés. Malheureusement, les rideaux étaient tirés. Et maintenant ?

La péniche était amarrée d'un côté de la jetée, les deux yachts de l'autre. Skoda recherchait la discrétion, mais il avait également besoin de lumière et il ne servait à rien de tirer les rideaux sur le flanc opposé donnant sur la rivière. Le seul ennui était que, pour atteindre les autres hublots, il fallait monter à bord. Alex réfléchit rapidement. Le risque en valait la peine. Le chantier n'était pas loin. Personne n'oserait s'attaquer à lui avec tant de personnes alentour.

Il posa un pied sur le pont, puis y transféra doucement son poids. Il craignait de se trahir en faisant bouger la péniche. Bien entendu, celle-ci s'inclina sous lui, mais il avait choisi le moment propice. Un bateau de la police passa, sirène hurlante, et remonta la Tamise en direction du centre de Londres. La péniche oscilla tout naturellement dans son sillage – ce qui permit à Alex de monter à bord et d'aller s'accroupir près de la porte de la cabine.

De la musique lui parvint de l'intérieur. Les rythmes puissants d'un orchestre de rock. Cela ne le tentait guère, mais il n'y avait qu'un seul moyen d'espionner l'intérieur. Il chercha un endroit du pont qui n'était pas maculé d'huile, puis s'allongea à plat ventre. En s'accrochant des deux mains au plat-bord, il fit basculer sa tête et ses épaules le long du flanc de la péniche, et se laissa glisser jusqu'à mi-corps, tête en bas, au-dessus de l'eau.

Il ne s'était pas trompé. De ce côté, les rideaux

n'étaient pas fermés. Il aperçut deux hommes à travers la vitre crasseuse du hublot. Skoda fumait une cigarette, assis sur une banquette. Le deuxième homme, blond et laid, la bouche de travers, avec une barbe de trois jours, un jean et un T-shirt déchirés, préparait du café sur un petit réchaud. La musique provenait d'un radiocassette perché sur une étagère. Hormis les deux banquettes et la cuisine miniature, la péniche n'offrait pas le moindre équipement domestique. On l'avait convertie à d'autres fins. Skoda et son acolyte l'avaient transformée en laboratoire flottant.

Il y avait deux plans de travail métalliques, un évier et deux balances électriques. Et, partout, des éprouvettes, des becs Bunsen, des fioles, des tubes de verre et des cuillers de dosage. Tout était sale – aucun des deux hommes visiblement ne se souciait de l'hygiène –, pourtant c'était manifestement le cœur de leur juteux commerce. C'était là qu'ils préparaient la drogue, qu'ils la pesaient et l'empaquetaient avant de la diffuser dans les établissements scolaires. Curieuse idée que d'installer un laboratoire de drogue sur un bateau, au beau milieu de Londres, à un jet de pierre d'un commissariat de police ! Curieuse mais futée. Qui songerait à venir fouiner ici ?

L'homme blond se retourna brusquement. Alex redressa le torse et se hissa sur le pont. Il demeura un instant étourdi. Être resté la tête en bas lui avait fait affluer le sang à la tête. Il prit deux profondes inspirations et essaya de rassembler ses pensées. La solution de facilité consistait à se rendre au commissariat tout proche pour raconter ce qu'il avait vu.

Pourtant quelque chose le retenait. Quelques mois plus tôt, c'est sans doute ce qu'il aurait fait. Il aurait laissé les autorités compétentes se charger de l'affaire. Mais il n'avait pas parcouru tout ce chemin à vélo pour se contenter d'appeler la police. L'image de la voiture blanche garée devant le collège lui revint en mémoire. Il revit Colin, son ancien copain, s'approcher de Skoda, et un nouvel élan de colère l'assaillit. Il voulait régler ça lui-même.

Mais comment ? Si la péniche avait eu une bonde de vidange, il l'aurait volontiers ôtée pour la faire sombrer. Évidemment ce n'était pas aussi simple. Il pouvait aussi détacher les deux gros cordages qui retenaient la péniche à la jetée, mais cela ne servirait à rien. La péniche dériverait, bien sûr, mais à Putney il n'y avait ni chutes d'eau ni tourbillons. Il suffirait à Skoda de mettre le moteur en marche pour revenir à quai.

Alex regarda autour de lui. Sur le chantier, le travail de la journée touchait à sa fin. Certains ouvriers s'en allaient déjà. Au sommet de la grue, une trappe s'ouvrit et un homme massif commença à descendre l'échelle. Alex ferma les yeux. Une foule d'images lui traversèrent l'esprit, comme les pièces éparses d'un puzzle.

La péniche. Le chantier de construction. Le commissariat. La grue et son énorme crochet qui se balançait sous la flèche.

Et la fête foraine de Blackpool[1]. Il y était allé une fois avec Jack Starbright, sa gouvernante. Jack avait gagné un ours en peluche, en le saisissant avec la pince d'un bras mécanique.

La même chose était-elle possible ici ? Alex examina l'emplacement, calcula les angles. Oui. Probablement.

Il rampa alors sur le pont jusqu'à la porte par laquelle était entré Skoda. Des morceaux de filin gisaient à côté. Il en ramassa un et l'enroula plusieurs fois autour de la poignée. Puis il attacha le filin à un crochet fixé à la paroi et le noua très serré. La porte était bloquée. Il répéta l'opération sur la seconde porte, qui donnait vers l'arrière de la péniche. Autant qu'il pouvait en juger, les hublots étaient trop étroits pour laisser passer un homme. Il n'y avait aucune autre issue.

Alex quitta la péniche toujours en rampant et remonta sur la jetée. Ensuite il détacha les cordages et les posa à côté des bollards d'amarrage en fer. La

---

1. Station balnéaire fameuse du nord-est de l'Angleterre.

rivière était paisible. Il faudrait un moment avant que la péniche commence à dériver.

Il se releva, satisfait de son travail, et s'éloigna en courant.

3

Accro

L'accès du chantier de construction était envahi d'ouvriers qui se préparaient à rentrer chez eux. Cela évoqua à Alex la sortie du collège, une heure plus tôt. Quand on est adulte, rien ne change vraiment, sauf qu'on n'a pas de devoirs à faire. Les hommes et les femmes qui s'en allaient étaient fatigués, pressés de partir. C'est sans doute pourquoi personne ne chercha à empêcher Alex d'entrer, quand il se faufila parmi eux d'un pas décidé, avec l'air de quelqu'un qui sait où il va et a le droit d'y aller.

Mais toutes les équipes n'avaient pas encore terminé le travail. Des ouvriers rangeaient des outils, garaient les engins. Tous portaient un casque de protection. Alex aperçut une pile de casques en plastique. Il en prit un et le coiffa. L'immeuble en construction s'élevait devant lui. Pour le traverser, il devait passer par un étroit couloir entre deux tours d'échafaudages. Soudain, un homme trapu en salopette blanche se dressa devant lui.

— Où vas-tu comme ça ?

— Mon père..., répondit Alex sans s'arrêter, en pointant vaguement le doigt vers un ouvrier qui s'affairait un peu plus loin.

La ruse fonctionna. L'homme ne posa pas de question.

Alex se dirigea vers la grue qui se dressait sur le terrain vague, tel le grand prêtre du chantier. Il ne s'était pas rendu compte à quel point elle était haute. La tour, qui reposait sur un massif socle de ciment, était très étroite. Une fois sur l'échelle qui s'élevait au centre, on pouvait toucher les quatre faces de poutrelles métalliques. Sans prendre le temps de réfléchir – ni le risque de changer d'avis –, il se mit à gravir les échelons.

« Ce n'est qu'une échelle, se disait-il. Tu as déjà monté des échelles. Tu n'as pas à avoir peur. »

Mais l'échelle avait trois cents barreaux. S'il glissait, rien ne l'empêcherait de faire une chute mortelle. Il y avait de petites plates-formes de repos à intervalles réguliers, mais il n'osait pas s'arrêter pour reprendre son souffle. Il craignait que la péniche, détachée de ses amarres, ne commence à dériver.

Au bout de deux cent cinquante barreaux, la tour rétrécissait. Alex aperçut la cabine de contrôle. Il jeta un coup d'œil en bas. Les ouvriers du chantier étaient soudain devenus minuscules et lointains. Il gravit la dernière section. La trappe de la cabine était au-dessus de sa tête. Mais elle était fermée à clé.

Par chance, il y était préparé. Quand le MI 6 l'avait envoyé en mission, on lui avait remis un certain nombre de gadgets – que l'on ne pouvait pas exactement qualifier d'armes – afin de l'aider dans les situations délicates. L'un de ces gadgets était un tube censé contenir de la pommade contre l'acné juvénile. Or, cette pommade faisait bien plus que guérir les boutons.

Alex en avait utilisé la plus grande partie, mais il conservait le tube sur lui, en guise de souvenir. Il le sortit de sa poche. Le peu de pommade qui restait suffirait. Il ouvrit le tube, pressa une noisette du produit sur le verrou de la trappe, et attendit. Après quelques secondes, il y eut un petit sifflement et une volute de fumée. La pommade rongeait le fer. Le verrou s'ouvrit. Alex poussa la porte de la trappe et monta les derniers barreaux. Il était dans la cabine.

Il referma la trappe. La cabine était un cube de métal, à peu près de la même taille qu'un box de jeu vidéo. Il y avait un siège de pilote avec deux leviers de commande – un pour chaque main. Et, au lieu d'un écran, une fenêtre allant du sol au plafond qui offrait un panorama spectaculaire sur le chantier, la rivière et tout l'ouest de Londres. Un petit écran d'ordinateur était fixé dans un angle et, à hauteur des genoux, un émetteur radio.

Les leviers de commande étaient étonnamment rudimentaires. Chacun possédait six boutons. Il y avait même des graphiques pour montrer à quoi ils servaient. La manette droite soulevait le crochet de haut en bas. La manette gauche le manœuvrait le long de la flèche horizontale, plus ou moins loin de la cabine. La manette gauche contrôlait également la tour, qui pivotait à 360 degrés. Ça ne pouvait être plus simple. Même le bouton de démarrage était signalé. Un gros bouton sur un gros jouet. La grue évoquait un Meccano géant.

Il pressa le bouton et toute la cabine se mit à vibrer sous la puissance du moteur électrique. L'ordinateur s'alluma et le dessin d'un chien en train d'aboyer apparut sur l'écran pendant le lancement du programme. Alex se cala confortablement dans le siège. Il restait encore une trentaine d'ouvriers sur le chantier. En regardant en bas, entre ses genoux, il les voyait se mouvoir silencieusement. Personne n'avait rien remarqué d'anormal, mais il savait qu'il devait agir vite.

Il appuya sur le bouton vert de la manette droite – vert pour *marche* –, puis il poussa le levier. Rien ne se produisit ! Alex grimaça. Ce serait peut-être plus compliqué qu'il ne l'avait cru. Qu'avait-il oublié ? Les mains sur les leviers, il chercha un autre bouton de commande. Sa main droite se déplaça légèrement, et, soudain, le crochet s'éleva du sol. Ça marchait !

À son insu, des palpeurs de chaleur avaient perçu la température de ses mains sur les leviers et activé la grue. Toutes les grues actuelles possèdent le même système de sécurité, pour le cas où le grutier serait victime d'une crise cardiaque et s'effondrerait sur les commandes. Cela évite les accidents. La chaleur corporelle était indispensable pour mettre la grue en mouvement.

Par chance, celle-ci était une Liebherr 154 EC-H, l'une des plus modernes du monde. La Liebherr est incroyablement facile d'utilisation, et remarquablement précise. À peine Alex poussa-t-il le levier de gauche que la tour commença à pivoter. La flèche s'étirait devant lui et survolait les toits de Londres. Plus il poussait, plus la vitesse de rotation augmentait. Le mouvement n'aurait pu être plus souple. Le coupleur hydraulique, entre le moteur électrique et les vitesses, empêchait les à-coups et les vibrations.

La Liebherr glissait littéralement. Alex vit un bouton blanc sous son pouce et le pressa. La rotation s'arrêta aussitôt.

Il était prêt. La chance du novice lui serait utile, mais il était certain d'y arriver, à condition que personne n'ait la mauvaise idée de lever les yeux et de voir la grue bouger. Il inclina de nouveau le levier gauche et, cette fois, attendit que la grue ait survolé le pont de Putney et la Tamise. Quand la flèche arriva en surplomb de la péniche, il arrêta. Ensuite il entreprit de manœuvrer le crochet. D'abord, il le fit glisser jusqu'à l'extrémité de la flèche. Puis, avec l'autre manette, il l'abaissa. Très vite d'abord, puis plus lentement. Le crochet était en acier. S'il heurtait le bateau, Skoda risquait de l'entendre et il serait démasqué. Prudemment, centimètre par centimètre, il continua de faire descendre le crochet. Il s'humecta les lèvres, totalement concentré, et visa avec soin.

Le crochet percuta le pont. Alex pesta. Skoda l'avait sûrement entendu et devait déjà s'escrimer sur la porte bloquée. Puis il se souvint du radiocassette. La musique avait probablement couvert le bruit. Il fit remonter le crochet en même temps qu'il le faisait revenir vers la grue. À l'extrémité du pont la plus proche de lui se trouvait un bollard en acier. S'il parvenait à glisser le crochet autour du bollard, il aurait ferré le poisson. Ensuite il pourrait le remonter.

À la première tentative, Alex manqua le bollard de plus d'un mètre. Il lutta contre la panique. Il devait opérer lentement, sinon il n'y arriverait jamais. En manœuvrant les deux leviers, équilibrant un mouvement avec l'autre, il tira le crochet sur le pont et visa à nouveau le bollard. Restait à espérer que le radiocassette braillait encore et que le crochet ne faisait pas trop de bruit. Il manqua sa cible une deuxième fois. Jamais ça ne marcherait !

Non. Il pouvait réussir. C'était comme à la fête foraine... juste un peu plus gros. Il serra les dents et manœuvra le crochet pour une troisième tentative. Cette fois, il toucha son but. Le crochet agrippa le bollard. Il le tenait !

Alex baissa les yeux. Sur le chantier, personne n'avait toujours rien remarqué. Bon. Maintenant, comment soulever la charge ? Il tira le levier de droite. Le câble se tendit. Il sentit la grue s'emparer de la péniche. La tour s'inclina en avant de façon alarmante et Alex faillit glisser de son siège. Pour la première fois, un doute le saisit. Était-il possible de hisser la péniche hors de l'eau ? N'était-elle pas trop lourde ? Il y avait une pancarte blanche placardée à l'extrémité du bras de la grue, qui indiquait son poids de charge : *3 900 kilos*. La péniche ne pesait sûrement pas autant. Il consulta le moniteur : une des sections de chiffres défilait si rapidement qu'il était impossible de les lire. Ils affichaient le poids supporté par la grue. Que se passerait-il si le bateau s'avérait trop lourd ? L'ordinateur enclencherait-il un arrêt automatique ? Ou bien la grue basculerait-elle en avant ?

Alex se cala sur son siège et tira le levier.

À l'intérieur de la péniche, Skoda ouvrait une bouteille de gin. La journée avait été bonne. Il avait vendu plus de cent livres sterling[1] de marchandise aux élèves du collège. Mieux encore : ils en avaient tous redemandé. Bientôt il ne leur en vendrait qu'à la seule condition qu'ils lui présentent leurs copains. Les copains deviendraient eux-mêmes des consommateurs. C'était le commerce le plus facile du monde. Ils étaient accros. Il ferait d'eux ce qu'il voulait.

Son acolyte blond s'appelait Mike Beckett. Ils s'étaient rencontrés en prison et avaient décidé de s'associer dès leur sortie. La péniche était l'idée de Beckett. Il n'y avait pas de vraie cuisine, ni de toilettes, et c'était glacial en hiver... mais ça marchait. Ça les amusait même d'être si près d'un commissariat. Ils adoraient regarder les voitures et les bateaux de police passer près d'eux. Jamais les flics

1. Environ 1 000 francs français ou 152 euros.

ne songeraient à regarder ce qui se tramait sous leur nez.

Soudain, Beckett lança un juron.

— Qu'est-ce qu'il y a ? demanda Skoda en levant les yeux.

— La tasse...

Skoda vit une tasse de café glisser vers le bord de l'étagère sur laquelle elle était posée. Elle bascula et se brisa en morceaux, répandant le café sur la toile grise qu'ils appelaient un « tapis ». Skoda en resta bouche bée. La tasse paraissait avoir bougé toute seule. Rien ni personne ne l'avait touchée. Il pouffa de rire.

— Comment tu as fait ça ?

— J'ai rien fait.

— Mais alors...

Beckett fut le premier à s'alarmer, sans bien sûr deviner la vérité.

— On coule ! hurla-t-il.

Il se rua sur la porte. Le sol tanguait. Les éprouvettes et les becs Bunsen s'entrechoquaient et s'écrasaient à terre. Le verre volait en éclats. Skoda jura et suivit Beckett. Cette fois le sol était franchement incliné. À chaque seconde, l'inclinaison s'accentuait. Le plus étrange, toutefois, était que la péniche ne semblait pas couler. Au contraire, l'avant s'élevait au-dessus de l'eau.

— Qu'est-ce qui se passe ? brailla Skoda.

— La porte est bloquée ! répondit Beckett, qui parvenait à peine à l'entrebâiller.

— Essayons l'autre !

Mais la seconde porte se trouvait maintenant en l'air. Des bouteilles roulèrent et se cassèrent. Dans la cuisine, des assiettes et des verres sales dégringolaient et volaient en éclats. En éructant un son qui tenait à la fois du grognement et du sanglot, Skoda essaya de gravir la montagne qu'était devenu l'intérieur du bateau. Mais la pente était déjà trop raide. La porte se trouvait pratiquement au-dessus de sa tête. Il perdit l'équilibre et tomba à la renverse en poussant un cri. Une seconde plus tard, Beckett se trouva projeté sur lui. Ils roulèrent dans un coin, emmêlés l'un à l'autre. Des assiettes, des tasses, des couteaux, des fourchettes et des dizaines d'ustensiles scientifiques s'abattirent sur eux. Les parois de la péniche grinçaient sous la traction. Un hublot explosa. Une grosse table se renversa avec fracas et dévala dans leur direction. Skoda sentit un os craquer dans son bras et hurla.

La péniche était à la verticale au-dessus de l'eau. Pendant un instant, elle resta ainsi, puis elle commença à monter...

Ébahi, Alex contemplait le spectacle. La grue soulevait la péniche à une allure modérée : une sorte de pilote automatique s'était mis en route pour ralentir l'opération, mais elle ne peinait aucunement. Il sentait toute la puissance de l'engin entre ses mains. Assis dans la cabine, serrant les deux leviers, les pieds écartés et la flèche de la grue s'étirant droit devant lui, il avait l'impression de ne faire qu'un avec la grue. Il lui suffisait de bouger la main d'un centimètre pour que la péniche monte jusqu'à lui. Il la voyait, suspendue au crochet, tournant doucement sur elle-même. Elle était déjà largement au-dessus de l'eau et s'élevait environ d'un mètre toutes les cinq secondes. Il se demanda à quoi ressemblait l'intérieur.

À côté de lui, la radio s'anima.

— Grutier ! Ici la base. Qu'est-ce que vous fabriquez, là-haut ? Terminé ! (Un silence, un grésillement, puis la voix métallique tonna de nouveau :) Qui est dans la grue ? Qui est là-haut ? Identifiez-vous !

Un micro se dressait non loin du menton d'Alex et il fut tenté de répondre. Mais il se ravisa. Entendre la voix d'un adolescent sèmerait une panique totale.

Il regarda en bas. Une douzaine d'ouvriers étaient rassemblés à la base de la grue. D'autres montraient la péniche du doigt. Aucun son ne montait jusqu'à la cabine. Alex était coupé du reste du monde. Il se sentait en parfaite sécurité. Des ouvriers avaient sans doute commencé à gravir l'échelle, mais pour l'instant il était intouchable. Il se concentra sur la manœuvre en cours. Sortir la péniche de l'eau n'était qu'une partie de son plan. Il devait aller au bout.

— Grutier ! Abaissez le crochet ! Nous pensons qu'il y a des gens à l'intérieur du bateau. Vous mettez leur vie en danger ! Je répète. Abaissez le crochet !

La péniche oscillait dans le vide. Alex actionna le levier gauche et la grue pivota, faisant décrire à l'embarcation un arc de cercle au-dessus de la rivière puis de la terre ferme. Soudain il y eut un bourdonnement. La flèche s'immobilisa. Alex poussa le levier. Rien. Il jeta un coup d'œil au moniteur de contrôle. L'écran était blanc.

En bas, quelqu'un avait recouvré ses esprits et fait la seule chose logique : couper le courant électrique. La grue était inerte.

Alex contempla la péniche osciller doucement sous le vent. Il n'avait pas réussi à faire tout ce qu'il voulait. Son but était de déposer la péniche, et tout ce qu'elle contenait, sur le parking du commissariat. Une jolie surprise pour les autorités ! Au lieu de cela, la péniche était suspendue au-dessus du centre de conférences.

Mais, finalement, cela ne changeait pas grand-chose.

Il étira les bras pour se détendre, et guetta la trappe qui n'allait pas tarder à s'ouvrir. Les choses seraient difficiles à expliquer.

Tout à coup, il entendit un bruit. Un craquement sinistre.

De fait, le bollard fiché à l'avant du bateau n'était pas supposé supporter une telle tension. C'était un miracle s'il avait tenu si longtemps. Sous le regard éberlué d'Alex, le bollard céda. Pendant quelques secondes, une partie resta accrochée au pont. Puis le dernier rivet se rompit.

La péniche, qui était suspendue à une soixantaine de mètres du sol, entama sa chute.

Dans le centre de conférences de Putney, le chef de la police s'adressait à un vaste parterre de journalistes, de caméras de télévision, de fonctionnaires et de représentants du gouvernement. C'était un homme grand et mince, qui se prenait très au sérieux. Sur son uniforme bleu sombre impeccable, chaque accessoire d'argent – des boutons de ses épaulettes à ses cinq médailles – étincelait. C'était son grand jour. Il partageait le podium avec le ministre de l'Intérieur en personne. L'adjoint du chef de la police se tenait à leurs côtés, ainsi que plusieurs officiers subalternes. Un slogan était projeté sur un mur derrière lui :

> **GAGNER LA GUERRE**
>
> **CONTRE LA DROGUE**

Des lettres argentées sur un fond bleu. Le chef de la police avait lui-même choisi les couleurs, en harmonie avec son uniforme. Il aimait ce slogan. Il savait qu'il le verrait à la une des journaux dès le lendemain, avec une photo de lui – ce qui n'était pas le moins important.

— Nous n'avons rien négligé ! tonna-t-il d'une voix qui résonna dans la grande salle ultramoderne.

Les journalistes griffonnaient ses moindres paroles. Les caméras de télévision étaient toutes braquées sur lui.

— Grâce à mes efforts et à mon engagement personnel, jamais nous n'avons connu un tel succès. (Il sourit au ministre de l'Intérieur, qui lui rendit un sourire éblouissant.) Mais nous n'allons pas nous reposer sur nos lauriers. Certainement pas ! Chaque jour, dorénavant, nous espérons vous annoncer une nouvelle prise spectaculaire.

C'est à cet instant que la péniche percuta le toit

vitré du centre de conférences. Il y eut une explosion. Le chef de la police eut tout juste le temps de plonger à l'abri lorsque l'énorme masse descendit vers lui. On avait vivement poussé le ministre de côté. Dans la précipitation, il avait perdu ses lunettes. Ses gardes du corps étaient pétrifiés, impuissants. La péniche s'effondra sur l'espace vacant devant eux, entre la scène et le public. Le côté de la cabine avait été arraché, et ce qui restait du laboratoire était exposé, avec les deux trafiquants ratatinés dans un coin, ouvrant des yeux hagards sur les centaines de policiers et d'officiels qui les entouraient. Un nuage de poudre blanche en forme de champignon s'éleva, puis retomba sur l'uniforme bleu du chef de la police, le recouvrant de la tête aux pieds. Les sirènes d'incendie se déclenchèrent. Les lumières clignotèrent et s'éteignirent. Des cris éclatèrent de toutes parts.

Pendant ce temps, le premier ouvrier avait atteint la cabine et contemplait avec ahurissement l'adolescent de quatorze ans aux commandes de la grue.

— Mais tu... As-tu la moindre idée de... de ce que tu viens de faire ? bégaya-t-il.

Alex regarda le crochet vide, le trou béant dans le toit du centre de conférences, la fumée et la poussière qui s'en élevaient. Il haussa les épaules d'un geste d'excuse.

— J'examinais le taux de criminalité, dit-il. Et je crois qu'il vient de chuter.

4

« Enquête et rapport »

Au moins, ils n'avaient pas à aller loin pour le chercher.

Deux hommes firent descendre Alex de la grue, l'un devant, l'autre derrière lui. La police l'attendait en bas. Sous le regard incrédule des ouvriers du chantier, il fut escorté jusqu'au commissariat tout proche. En passant devant le centre de conférences, il vit une foule de gens qui se bousculaient pour sortir. Des ambulances étaient déjà sur place. Le ministre de l'Intérieur fut emmené dans une limousine noire. Pour la première fois, Alex commença à s'inquiéter sérieusement. Il espérait que personne n'avait été tué. Il n'avait pas voulu que cela se termine ainsi.

Dans le commissariat, ce fut un tourbillon de portes claquées, de visages impénétrables, de policiers affairés, de coups de téléphone. Un sergent commença à interroger Alex : son nom, son âge, son adresse, et tapa les renseignements sur un clavier d'ordinateur. Ce qui survint ensuite laissa Alex bouche bée. Le sergent pressa la touche d'entrée sur le clavier, et se figea. Il se tourna vers lui, puis quitta vivement sa chaise, le laissant seul. Dès son arrivée dans le commissariat, Alex avait focalisé toute l'attention, et soudain tout le monde fuyait son regard. Un officier supérieur apparut, échangea quelques paroles avec ses subalternes ; ensuite Alex fut conduit dans une cellule au bout d'un couloir.

Une demi-heure plus tard, une femme policier se présenta avec un plateau-repas.

— Dîner, annonça-t-elle.

— Que se passe-t-il ? demanda Alex.

La femme esquissa un sourire nerveux mais ne répondit pas.

— J'ai laissé mon vélo près du pont.

— Nous l'avons récupéré, dit-elle avant de quitter précipitamment la cellule.

Alex mangea son repas : saucisses, toast, tranche de gâteau. La cellule était munie d'une banquette et, derrière un rideau, d'un évier et d'un W.-C. Il s'attendait à ce que quelqu'un vienne le voir, mais personne ne lui rendit visite. Il finit par s'endormir.

Quand il se réveilla, il était sept heures du matin. La porte de la cellule s'ouvrit et un homme qu'il ne connaissait que trop bien entra.

— Bonjour, Alex.

— Monsieur Crawley.

John Crawley ressemblait à un jeune directeur de banque. D'ailleurs, à leur première rencontre, c'est ainsi qu'il s'était présenté à lui. Le costume bon marché et la cravate rayée semblaient venir du rayon « Hommes d'affaires ennuyeux » d'un grand magasin. En réalité, Crawley travaillait pour le MI 6. Alex se demandait si son habillement était une couverture propre à sa fonction ou un choix personnel.

— Venez, Alex. Nous partons.

— Vous me ramenez à la maison ?

Avait-on prévenu quelqu'un, chez lui, de l'endroit où il se trouvait ?

— Non. Pas encore.

Alex suivit Crawley hors du commissariat. Cette fois, il n'y avait aucun policier en vue. Une voiture avec un chauffeur attendait devant la porte. Crawley monta à l'arrière avec Alex.

— Où allons-nous ?

— Vous verrez.

Crawley ouvrit un exemplaire du *Daily Telegraph*

et se mit à lire. Il ne prononça plus un mot de tout le trajet.

Ils roulèrent vers l'est, traversèrent la City, et remontèrent en direction de Liverpool Street. Alex savait où Crawley l'emmenait. Bientôt la voiture s'engagea dans l'entrée d'un immeuble de dix-sept étages, à proximité de la station de métro, et disparut dans un parking souterrain. Alex était déjà venu ici. L'immeuble s'annonçait comme le siège de la Banque royale & générale. En réalité, c'était le quartier général de la division « Opérations spéciales » du MI 6.

La voiture s'arrêta. Crawley replia son journal et sortit, poussant Alex devant lui. Ils prirent l'ascenseur et montèrent au seizième étage.

— Par ici, dit Crawley en indiquant une porte marquée *1605*.

« 1605, la conspiration des Poudres », songea aussitôt Alex de manière tout à fait absurde. C'était un des passages du devoir d'histoire sur lequel il aurait dû travailler la veille au soir. 1605, l'année où un dénommé Guy Fawkes avait tenté d'incendier le Parlement de Londres. De toute évidence, le devoir d'histoire devrait attendre.

Alex ouvrit la porte 1605 et entra. Seul. Crawley ne le suivit pas. En fait, quand Alex se retourna, il le vit qui s'éloignait déjà dans le couloir.

— Fermez la porte et entrez, Alex, dit une voix.

Alex se retrouva face à l'homme collet monté et austère qui dirigeait le service des « Opérations spéciales » du MI 6. Costume gris, visage gris, vie grise... Alan Blunt paraissait appartenir à un monde incolore. Il se tenait assis derrière un bureau de bois, dans une grande pièce carrée qui aurait pu abriter n'importe quelle activité professionnelle, n'importe où dans le monde. Il n'y avait strictement rien de personnel, pas même une gravure sur un mur ni une photo sur le bureau. Les pigeons eux-mêmes, qui becquetaient sur l'appui de fenêtre, étaient gris.

Blunt n'était pas seul. Mme Jones, l'officier le plus haut gradé de son service, lui tenait compagnie, assise dans un fauteuil en cuir ; elle portait un tailleur marron et, comme à son habitude, suçotait un bonbon à la menthe. Elle leva sur Alex ses yeux ronds et noirs, apparemment plus ravie que son patron de le revoir. C'était elle qui l'avait invité à entrer. Quant à Blunt, c'est à peine s'il avait enregistré la présence d'Alex dans la pièce.

— Je ne m'attendais pas à vous revoir si tôt, dit-il.

— J'allais vous dire la même chose, répliqua Alex, avant de s'asseoir sur l'unique chaise vacante.

Blunt prit une feuille de papier sur son bureau et la parcourut rapidement.

— Que diable vous est-il passé par la tête ?

Cette histoire de grue... Vous avez causé beaucoup de dégâts. Vous avez pratiquement détruit un centre de conférences qui a coûté deux millions de livres[1] ! C'est un miracle si personne n'a été tué.

— Les deux occupants de la péniche resteront à l'hôpital quelques mois, précisa Mme Jones.

— Vous auriez pu causer la mort du ministre de l'Intérieur ! poursuivit Blunt. Il n'aurait plus manqué que ça. Mais enfin, qu'est-ce que vous faisiez ?

— Les deux hommes sont des trafiquants de drogue.

— C'est ce que nous avons découvert. Mais la procédure normale aurait été d'appeler la police.

— Il n'y avait pas de téléphone, soupira Alex. Dommage qu'ils aient coupé le courant de la grue. Je voulais déposer la péniche sur le parking du commissariat.

Blunt cligna des yeux et agita la main comme s'il voulait balayer d'un regard cette regrettable affaire.

— Par chance, votre statut spécial est apparu sur l'ordinateur de la police. Ils nous ont appelés, et nous avons réglé le reste.

— J'ignorais que j'avais un statut spécial.

— Oh, mais si, Alex. Vous êtes très spécial, dit Blunt en l'examinant un moment. C'est pourquoi vous êtes ici.

---

1. Approximativement 20 millions de francs ou 3 050 000 euros.

— Si je comprends bien, vous n'allez pas me renvoyer chez moi ?

— Non. En fait, avant cette histoire, nous pensions vous contacter. Nous avons de nouveau besoin de vous.

— Vous êtes probablement le seul à pouvoir exécuter ce que nous avons en tête, intervint Mme Jones.

— Un petite minute ! protesta Alex. J'ai déjà pris un énorme retard, en classe. Supposons que je refuse ?

Mme Jones poussa un soupir et répondit :

— Nous serions obligés de vous remettre à la police. Ils étaient très impatients de vous interroger.

— Et comment va Miss Starbright ? reprit insidieusement Alan Blunt.

Jack Starbright – Alex n'avait jamais su si « Jack » était le diminutif de Jackie ou de Jacqueline – était la gouvernante qui veillait sur lui depuis la mort de son oncle. C'était une jeune Américaine, brillante et rousse, qui était venue à Londres faire ses études de droit et n'en était jamais repartie. Alex savait pourquoi Blunt feignait de s'intéresser à sa santé. La dernière fois, il s'était montré on ne pouvait plus clair. Tant que Alex ferait ce qu'on lui demanderait, il continuerait d'habiter dans la maison de son oncle avec Jack. S'il refusait, Jack serait immédiatement renvoyée aux États-Unis et lui-même placé dans un internat. C'était purement et simplement du chantage.

— Jack va bien, répondit Alex, saisi d'une colère froide.

— Allons, Alex, s'interposa Mme Jones. Pourquoi prétendre que vous êtes un élève ordinaire ? Si vous l'étiez, ce n'est plus le cas.

Mme Jones s'efforçait de se montrer amicale, maternelle. Mais les serpents eux aussi ont des mères, songeait Alex.

— Vous l'avez déjà prouvé une fois, poursuivit-elle. Nous vous donnons une chance de recommencer, c'est tout.

— Il est probable qu'il n'en sortira rien, reprit Blunt. Mais nous devons nous en assurer. Nous appelons ce genre de mission « Enquête et rapport ».

— Crawley ne peut pas s'en charger ?

— Nous avons besoin d'un garçon de votre âge.

Alex se tut. Son regard alla de Blunt à Mme Jones, puis revint à Blunt. Il savait qu'aucun d'eux n'hésiterait une seconde à le retirer de Brookland pour l'envoyer dans l'internat le plus lugubre qui se puisse trouver. Et puis, de toute façon, n'était-ce pas ce à quoi il aspirait la veille ? Une nouvelle aventure. Une nouvelle chance de sauver le monde.

— D'accord, dit-il. De quoi s'agit-il ?

Blunt adressa un signe de tête à Mme Jones, qui déplia le papier d'un bonbon à la menthe et commença à exposer les faits :

— Savez-vous qui est Michael J. Roscoe, Alex ?

Alex réfléchit un instant.

— Un homme d'affaires qui est mort accidentellement à New York ? J'ai vu les infos à la télévision. Il s'est tué en tombant dans une cage d'ascenseur, c'est ça ?

— C'est ça. La Roscoe Électronique est l'une des plus grandes entreprises d'Amérique, dit Mme Jones. C'est même l'une des plus grandes du monde. Ordinateurs, appareils vidéo, lecteurs DVD... absolument tout, du téléphone mobile au lave-linge. Roscoe était un homme extrêmement riche et influent...

— Et myope, la coupa Alex.

— En effet, cet accident paraît très étrange. Aberrant, même, acquiesça Mme Jones. L'ascenseur a mal fonctionné. Roscoe n'a pas regardé où il mettait les pieds. Il est tombé dans le trou et il est mort. Telle est l'opinion générale. Mais nous n'en sommes pas aussi sûrs.

— Pourquoi ?

— Tout d'abord, certains détails ne collent pas. Le jour de sa mort, un technicien de maintenance dénommé Sam Green s'est présenté à la Tour Roscoe, sur la Cinquième Avenue. Nous savons que c'était Green, du moins quelqu'un qui lui ressemblait, parce que nous l'avons vu sur la vidéo. La Tour est équipée d'un circuit de caméras de surveillance, et Green a été filmé en entrant dans l'immeuble. Il a dit au gardien qu'il venait réparer un câble d'ascenseur défectueux. Mais, selon la compagnie qui l'emploie, il n'y avait aucun câble défectueux, et Green n'avait reçu aucun ordre d'intervention de leur part.

— Vous l'avez interrogé ?

— Nous aurions bien voulu. Mais Green s'est évanoui dans la nature sans laisser de trace. Nous pensons qu'il a peut-être été tué, et que quelqu'un a pris sa place pour préparer le faux accident où a péri Roscoe.

— Je suis désolé pour M. Roscoe, dit Alex avec un haussement d'épaules. Mais quel rapport avec moi ?

— J'y viens, dit Mme Jones. Le plus étrange de tout, c'est que, la veille de sa mort, Roscoe a téléphoné ici. C'était un appel personnel. Il voulait parler avec M. Blunt.

— J'ai fait la connaissance de Roscoe à l'Université, expliqua Blunt. Cela fait bien longtemps. Nous sommes devenus amis.

Alex était surpris. Il n'imaginait pas que Blunt pût avoir des amis.

— Que vous a-t-il dit ?

— Hélas ! je n'étais pas là, dit Blunt. Nous devions nous rappeler le lendemain. Mais il était trop tard.

— Vous avez une idée de ce qu'il voulait ?

— J'ai parlé avec son assistante, dit Mme Jones. Elle n'était au courant de rien, mais elle pensait que Roscoe était inquiet au sujet de son fils. Roscoe avait un fils de quatorze ans : Paul.

Un fils de quatorze ans. Alex commençait à y voir plus clair. Blunt prit le relais de Mme Jones :

— Paul est son fils unique. Malheureusement, leurs relations étaient un peu tendues. Roscoe a divorcé il y a quelques années et, bien que le garçon ait choisi de vivre avec son père, ils ne s'entendaient guère. Paul avait les problèmes habituels de l'adolescence, mais, quand on grandit entouré de millions de dollars, parfois les problèmes s'accentuent. Paul travaillait mal en classe. Il manquait l'école, traînait avec des garçons peu fréquentables. Il a même eu des démêlés avec la police de New York. Rien de sérieux. Roscoe a étouffé l'affaire mais ça l'a beaucoup contrarié. On se donnait des nouvelles de temps en temps. Roscoe se tracassait pour Paul. Il sentait qu'il échappait à son autorité. Mais il ne pouvait pas faire grand-chose.

— C'est pour ça que vous avez besoin de moi ?

Vous voulez que je rencontre Paul et que je lui parle de la mort de son père ?

— Non, le détrompa Blunt en tendant un dossier à Mme Jones, qui l'ouvrit.

Alex entrevit une photo : un homme à la peau mate en uniforme militaire.

— Rappelez-vous bien ce que nous vous avons dit de Roscoe, poursuivit Mme Jones. Car maintenant je vais vous parler d'un autre homme. (Elle posa la photo devant Alex.) Voici le général Viktor Ivanov. Ex-membre du K.G.B. Jusqu'au mois de décembre dernier, il était chef des Services secrets à l'étranger, et probablement le deuxième ou le troisième personnage le plus puissant de Russie après le président. Mais lui aussi a connu une fin prématurée. Un accident de bateau sur la mer Noire. Son yacht a explosé et nul ne sait pourquoi.

— C'était un ami de Roscoe ? demanda Alex.

— Ils ne se sont probablement jamais rencontrés. Mais nous avons ici un service qui épluche en permanence les nouvelles du monde entier, et leurs ordinateurs ont révélé une étrange coïncidence. Ivanov a lui aussi un fils de quatorze ans : Dimitri. Et une chose est sûre : le jeune Dimitri Ivanov connaissait le jeune Paul Roscoe puisqu'ils étaient dans la même école.

— Paul et Dimitri... (Alex était intrigué.) Que

faisait un garçon russe dans une école new-yor-kaise ?

— Il n'était pas à New York, répondit Blunt. Ainsi que je vous l'ai expliqué, Roscoe avait des problèmes avec son fils. Des problèmes à l'école et à la maison. L'année dernière, il a décidé de réagir. Il a envoyé Paul dans un pensionnat en France. Savez-vous ce qu'est un pensionnat, Alex ?

— Un endroit où les gens riches envoyaient leurs filles, autrefois, pour y apprendre les bonnes manières.

— C'est à peu près cela, oui. Mais, dans ce cas précis, il s'agit d'un pensionnat de garçons. Et pas de garçons ordinaires. Les frais scolaires s'élèvent à dix mille livres[1] par trimestre. Voici la brochure. Vous pouvez jeter un coup d'œil.

Il remit à Alex un épais livret carré, dont la couverture noire portait deux mots en lettres d'or :

Pointe Blanche

— C'est situé juste à la frontière franco-suisse, précisa Blunt. Au-dessus de Grenoble, dans les Alpes françaises. C'est un endroit étonnant. C'était la demeure d'un homme riche et un peu fou, qui l'a fait bâtir pour lui, au XIXe siècle. D'ailleurs,

---

1. Approximativement 100 000 francs ou 15 200 euros.

après sa mort, c'est devenu un asile de fous. Puis les Allemands en ont pris possession pendant la Seconde Guerre mondiale. Ils en ont fait un lieu de détente pour leurs officiers supérieurs. Ensuite la maison est tombée en ruine, jusqu'à ce qu'elle soit rachetée par l'actuel propriétaire, un dénommé Grief. Le Dr Hugo Grief. C'est le directeur de l'école.

Alex ouvrit la brochure et découvrit une photo en couleurs de Pointe Blanche. Blunt avait raison. Jamais il n'avait rien vu de semblable. Ça tenait du manoir allemand et du château français. On se serait cru dans un conte de Grimm. Mais, plus stupéfiant encore que la bâtisse elle-même, c'était le décor. Le manoir était perché sur le flanc d'une montagne, et entièrement cerné de hauts sommets. Un empilement de briques et de pierres au milieu d'un paysage enneigé. Il semblait n'y avoir aucune activité, comme s'il avait été arraché à une ancienne cité et accidentellement lâché à cet endroit. Aucune route n'y menait. La neige recouvrait tout, jusqu'au portail. En regardant plus attentivement, Alex distingua une plate-forme d'atterrissage pour hélicoptère, installée en surplomb au-dessus des créneaux. C'était vraisemblablement le seul moyen d'arriver à Pointe Blanche... et d'en partir.

Il tourna la page.

Bienvenue à Pointe Blanche...

L'introduction était imprimée en caractères que l'on se serait attendu à trouver sur le menu d'un restaurant très chic.

... une institution unique, qui est bien davantage qu'une école, créée pour les jeunes gens nécessitant un encadrement que le système éducatif normal ne peut leur offrir. Autrefois, nous appelions ce type d'établissement un institut pour les « enfants à problèmes », mais nous ne croyons pas que ce terme soit approprié.

Il y a les problèmes, et puis il y a les enfants. Notre objectif est de distinguer les deux.

— Inutile de lire tout ce blabla, dit Blunt. La seule chose importante à savoir est que l'école accueille des garçons qui ont été renvoyés des autres collèges. Ils ne sont jamais nombreux. Six ou sept à la fois. Et seuls sont acceptés les fils de familles très riches...

— À dix mille livres par trimestre, ça ne m'étonne pas, remarqua Alex.

— Pourtant vous seriez surpris d'apprendre combien de parents ont déposé une demande pour y inscrire leur fils, poursuivit Blunt. Lisez les journaux et vous verrez à quel point il est facile de sortir des rails quand on a été élevé dans des draps de soie. Qu'ils soient politiciens ou pop stars, la gloire et la fortune des parents apportent souvent des ennuis aux enfants. Et plus les parents sont prospères, plus la pression est forte. Le pensionnat de Pointe Blanche a pour but de tirer d'affaire ces jeunes gens, et, jusqu'à présent, c'est une réussite.

— Pointe Blanche a été fondée il y a vingt ans, dit Mme Jones. À l'époque, la liste des clients était incroyable. Les noms étaient bien sûr tenus secrets. Mais je peux vous dire que, parmi les parents qui y ont envoyé leur rejeton, on comptait un vice-président américain, un savant lauréat du Prix Nobel et un membre de notre famille royale !

— Ainsi que Roscoe et cet Ivanov, ajouta Alex.

— En effet.

— Simple coïncidence, dit Alex. Comme vous venez de le dire, il s'agit de deux pères riches qui envoient chacun leur fils dans la même école. Il se trouve qu'ils meurent tous les deux accidentellement. En quoi cela vous intéresse-t-il ?

— Je n'aime pas les coïncidences, répliqua Blunt. En fait, je n'y crois pas. Là où les gens voient une coïncidence, moi je vois une conspiration. C'est mon métier.

« Et il vous va comme un gant », se retint de faire remarquer Alex.

— Vous croyez vraiment que cette école et son directeur, Grief, ont un lien avec les deux morts ? Pourquoi ? Ils ont oublié de payer les frais de scolarité ?

Blunt ne daigna même pas sourire.

— Roscoe cherche à me joindre au téléphone parce qu'il s'inquiète au sujet de son fils. Comme par hasard, le lendemain, il meurt. Quant à Ivanov, nous avons appris par les Services secrets russes que, une semaine avant sa mort, il a eu une violente dispute avec son fils. Apparemment, lui aussi avait des soucis. Vous voyez le lien, maintenant ?

Alex réfléchit un instant.

— Donc, si je comprends bien, vous voulez que j'aille dans cette école. Comment allez-vous arranger ça ? Je n'ai pas de parents, et de toute façon ils n'ont jamais été riches.

— C'est déjà arrangé, intervint Mme Jones.

Alex comprit qu'elle avait tout prévu bien avant l'épisode de la grue. Même s'il n'avait pas attiré l'attention sur lui, ils seraient venus le chercher.

— Nous allons vous fournir un père riche, Alex. Il s'appelle Sir David Friend.

— Friend... comme les supermarchés Friend ?

Alex avait souvent lu ce nom dans les journaux.

— Supermarchés, grands magasins, galeries d'art, équipes de football, ajouta Mme Jones. Friend fait certainement partie du même club que Roscoe. Le club des milliardaires. Il est également très bien introduit dans les cercles politiques, en tant que conseiller personnel du Premier ministre. Très peu de choses se produisent dans ce pays sans que Sir David y soit impliqué d'une manière ou d'une autre.

— Nous vous avons établi une fausse identité, reprit Blunt. Pour l'instant, je veux que vous commenciez à vous mettre dans la peau d'Alex Friend, fils de Sir David.

— Ça ne marchera pas, objecta Alex. Les gens doivent savoir que Friend n'a pas de fils.

— Faux, dit Blunt. Sir David est un homme excessivement discret, et nous avons imaginé un fils dont aucun père ne souhaiterait parler. Expulsé de Eton[1]. Un casier judiciaire pour vol à l'étalage, vandalisme et détention de drogue. Voilà vos faits d'armes, mon cher Alex. Sir David et sa femme, Caroline, ne savent plus quoi faire de vous. C'est pourquoi ils vous ont inscrit à Pointe Blanche.

— Sir David est d'accord ? demanda Alex.

— En vérité, grimaça Blunt avec une moue dédaigneuse, cela ne l'enchantait guère de... d'utiliser une personne de votre âge. Mais, à force de persuasion, j'ai réussi à le convaincre de nous aider.

— Et quand suis-je censé aller à Pointe Blanche ?

— Dans cinq jours, répondit Mme Jones. Mais d'abord vous devez vous immerger dans votre nouvelle vie. En sortant d'ici, nous vous conduirons

---

1. Célèbre et très ancien collège huppé d'Angleterre.

chez Sir David. Il possède une propriété dans le Lancashire[1], où il réside avec son épouse et... sa fille. Elle a un an de plus que vous. Vous passerez le reste de la semaine avec la famille – ce qui vous permettra d'apprendre tout ce que vous devez savoir. Il est vital d'avoir une couverture solide. Ensuite, vous partirez pour Grenoble.

— Et que ferai-je, une fois sur place ?

— Vous aurez toutes les instructions en temps utile. Pour l'essentiel, votre travail consiste à découvrir tout ce que vous pourrez. Il se peut que le pensionnat soit parfaitement normal et qu'il n'existe aucun rapport entre les deux morts. Si c'est le cas, nous vous rapatrierons très vite. Mais nous voulons en être absolument certains.

— Comment pourrai-je vous joindre ?

— Nous allons mettre ça au point, répondit Mme Jones en enveloppant Alex d'un long regard avant de se tourner vers Blunt. Il faudra modifier son apparence. Il n'a pas exactement le physique de l'emploi.

— Faites au mieux, dit Blunt.

Alex soupira. Décidément, les choses étaient bizarres. Il allait simplement sauter d'une école à une autre. D'un établissement secondaire londo-

----

1. Région du nord-est de l'Angleterre

nien à un pensionnat français. Ce n'était pas précisément l'aventure qu'il avait espérée.

Il se leva et suivit Mme Jones hors de la pièce. Blunt compulsait déjà ses dossiers, comme s'il avait aussitôt oublié l'existence d'Alex.

5

Tir groupé

La Rolls-Royce conduite par un chauffeur roulait sur une route bordée d'arbres, dans la campagne profonde du Lancashire. Le murmure de son moteur V8 troublait à peine l'immense silence environnant. Assis à l'arrière, Alex s'efforçait de ne pas se laisser impressionner par une voiture qui coûtait plus cher qu'une maison. « Oublie les tapis de laine en velours Wilton, les panneaux de bois précieux et les sièges de cuir, se répétait-il. Ce n'est qu'une voiture. »

C'était le lendemain de son entretien au MI 6. Comme l'avait promis Mme Jones, son apparence était totalement modifiée. Il devait avoir l'air d'un gosse de riche rebelle, qui voulait vivre selon ses propres règles. On l'avait donc affublé de vêtements délibérément provocateurs : un sweat-shirt à capuche, un jean effrangé aux chevilles et des baskets avachies. Malgré ses protestations, on lui avait coupé les cheveux si court qu'il ressemblait presque à un skinhead, et son oreille droite était percée. Il la sentait battre sous le clou provisoire qu'on y avait fiché pour empêcher le trou de se refermer.

La Rolls avait atteint un large portail en fer forgé, qui s'ouvrit automatiquement. *Haverstock Hall* les accueillait. C'était un manoir vaste et luxueux, orné de statues de pierre sur la terrasse. Sir David l'avait acheté quelques années auparavant, car il désirait avoir un pied-à-terre à la campagne. Apparemment, près de la moitié du Lancashire allait avec la maison. Le domaine s'étendait à perte de vue dans toutes les directions, avec des collines parsemées de moutons d'un côté, et trois chevaux dans un parc de l'autre. La maison elle-même était de style classique georgien du XVIIIe siècle : briques blanches, fenêtres étroites et colonnades. Tout était immaculé. Il y avait un jardin clos avec des massifs à la française régulièrement espacés, une immense serre vitrée qui abritait une piscine, et une série de haies ornementales dont aucune feuille n'osait dépasser.

La voiture s'arrêta. Les chevaux inclinèrent la

tête pour regarder Alex en descendre. Hormis leurs queues qui battaient mécaniquement pour chasser les mouches, rien ne bougeait.

Le chauffeur contourna la voiture.

— Vous trouverez Sir David à l'intérieur.

Il avait pris Alex en grippe dès le premier regard. Bien entendu il n'avait fait aucune remarque désobligeante. C'était un professionnel. Mais ses yeux trahissaient sa désapprobation.

Alex s'éloigna, attiré par la serre qui se trouvait de l'autre côté de l'allée. Il faisait chaud, le soleil tapait sur les vitres et l'eau de la piscine était alléchante. Il franchit une double porte. L'odeur de chlore le saisit à la gorge.

Il avait cru la piscine déserte, mais il vit une forme remonter du fond et crever la surface juste devant lui. C'était une jeune fille en Bikini blanc. Elle avait de longs cheveux noirs, des yeux sombres mais la peau très blanche. Elle devait avoir une quinzaine d'années. Sans doute la fille de Sir David Friend dont avait parlé Mme Jones. Il la regarda se hisser hors de l'eau. Elle avait un corps bien fait, plus proche de la femme qu'elle allait devenir que de la fillette qu'elle avait été. Une future beauté. L'ennui, c'était qu'elle le savait déjà. Un éclair d'arrogance brillait dans ses yeux.

— Qui êtes-vous ? Que faites-vous ici ?

— Je m'appelle Alex.

— Ah oui. (Elle prit une serviette et s'en enveloppa.) Papa nous a annoncé votre venue. Mais je ne pensais pas que vous débarqueriez ainsi. (Sa voix était celle d'une adulte de la haute bourgeoisie, un peu incongrue dans la bouche d'une adolescente de quinze ans.) Vous savez nager ?

— Oui.

— Dommage. Je déteste partager la piscine. Surtout avec un garçon. Et un Londonien crasseux, qui plus est.

Son regard parcourut Alex, nota le jean déchiré, les cheveux rasés, le clou dans l'oreille. Elle frissonna.

— Je ne sais pas quelle idée bizarre a eue papa de vous laisser venir, ajouta-t-elle. Quand je pense que je vais être obligée de prétendre que vous êtes mon frère ! C'est franchement débile. Si j'avais un frère, je vous assure qu'il ne serait pas comme vous.

Alex se demandait s'il allait la flanquer à l'eau ou la jeter à travers les vitres, quand il entendit un bruit derrière lui. Il se retourna et vit un homme de haute taille, à l'allure aristocratique, avec des cheveux gris bouclés et des lunettes, vêtu d'une veste de sport, d'une chemise à col ouvert et d'un pantalon de velours côtelé. Lui aussi parut un peu choqué par l'apparence d'Alex, mais il se reprit très vite et lui tendit la main.

— Alex, je suppose ?

— Oui.

— Je suis David Friend.

— Enchanté, dit poliment Alex en lui serrant la main.

— J'espère que vous avez fait bon voyage. Je vois que vous avez déjà fait la connaissance de ma fille.

Il sourit à la jeune fille, qui s'était assise près de la piscine et se séchait, en les ignorant l'un et l'autre.

— Elle s'appelle Fiona. Je suis sûr que vous vous entendrez très bien tous les deux. (Sir David n'en semblait pas convaincu. Il fit un geste en direction de la maison.) Allons discuter dans mon bureau.

Alex le suivit. La porte principale du manoir donnait dans un hall qui aurait pu figurer dans les pages d'un magazine de luxe. Tout y était parfait et à sa place. Les meubles anciens, les objets de décoration, les tableaux. Il n'y avait pas un grain de poussière, et même le soleil qui pénétrait à flots par les fenêtres paraissait presque artificiel, comme s'il n'était là que pour mettre en valeur tout ce qu'il effleurait. C'était la demeure d'un homme qui sait exactement ce qu'il veut, et qui a le temps et l'argent pour l'obtenir.

— Très joli, commenta Alex.

— Merci. Venez, c'est par ici.

Sir David ouvrit une lourde porte de chêne, qui

débouchait sur un bureau ultramoderne et sophistiqué. Une table de travail, avec un fauteuil de chaque côté, deux ordinateurs, un sofa de cuir blanc et une série de rayonnages métalliques. Sir David indiqua un siège à Alex et prit place derrière le bureau.

L'homme manquait d'assurance. Alex s'en aperçut immédiatement. Sir David Friend dirigeait un empire de plusieurs milliards, mais ceci était une expérience nouvelle pour lui. Il savait qui était Alex et pourquoi il était là, mais il ne savait pas quelle attitude adopter avec lui.

— On m'a dit très peu de choses à votre sujet, commença-t-il. Alan Blunt a pris contact avec moi pour me demander de vous accueillir ici jusqu'à la fin de la semaine, et vous faire passer pour mon fils. Je dois avouer que vous ne me ressemblez pas du tout.

— Je ne me ressemble pas non plus, dit Alex.

— Je sais que vous allez vous rendre dans une école des Alpes françaises pour y mener une enquête. Personne ne m'a demandé mon avis, mais je vais néanmoins vous le donner. L'idée d'utiliser un garçon de quatorze ans comme espion ne me plaît pas du tout. C'est dangereux...

— Je sais prendre soin de moi.

— Je veux dire que c'est dangereux pour le gouvernement. Si vous vous faites tuer, cela mettra le

Premier ministre dans l'embarras. J'ai essayé de le dissuader, mais, pour une fois, il ne m'a pas écouté. Apparemment la décision était déjà prise. Cette école, ce... pensionnat, m'a déjà téléphoné pour m'informer que la directrice adjointe viendra vous chercher samedi prochain. Une certaine Mme Stellenbosh. Il me semble que c'est un nom sud-africain...

Sir David poussa devant lui plusieurs gros dossiers qui encombraient son bureau.

— Quoi qu'il en soit, j'ai cru comprendre que vous deviez vous familiariser avec ma famille, aussi je vous ai préparé quelques dossiers. Vous y trouverez également des renseignements sur le collège dont vous êtes censé avoir été expulsé : Eton. Vous pourrez commencer à lire tout cela dès ce soir. Si vous avez besoin d'autre chose, dites-le-moi. Fiona vous tiendra compagnie. Je suis sûr que ce sera une expérience intéressante pour vous.

La porte s'ouvrit et une femme entra. Mince, les cheveux sombres, elle ressemblait beaucoup à sa fille. Elle portait une robe mauve très simple, avec un collier de perles.

— David, je...

Elle s'interrompit en voyant Alex.

— Voici ma femme : Caroline. Caroline, je te présente le garçon dont je t'ai parlé : Alex.

— Ravie de vous rencontrer, Alex. (Lady Caroline s'efforça de sourire, mais ses lèvres bougèrent à peine.) J'ai cru comprendre que vous alliez rester chez nous quelque temps.

— Oui, mère.

Lady Caroline rougit.

— Alex doit prétendre être notre fils, lui rappela Sir David avant de se tourner de nouveau vers lui. Fiona ne sait rien du MI 6 et de cette affaire. Je ne veux pas l'alarmer. Je lui ai dit que cela avait un rapport avec mon travail... une sorte d'expérience sociale, si vous voulez. Une semaine à la campagne dans une famille. Elle sait qu'elle doit faire semblant d'être votre sœur. Je préférerais que vous lui taisiez la vérité.

— Le dîner sera servi dans une heure, annonça Lady Caroline. Vous aimez le gibier, Alex ? (Elle fronça le nez et ajouta :) Vous désirez peut-être faire un brin de toilette avant de passer à table ? Je vais vous montrer votre chambre.

Sir David tendit les dossiers à Alex.

— Vous avez de quoi lire. Je crains de devoir retourner à Londres, demain. Je déjeune avec le président français. Je ne pourrai donc pas vous aider. Mais, comme je vous l'ai dit, s'il y a quelque chose que vous ne comprenez pas...

— Je m'adresse à Fiona.

On avait attribué à Alex une petite chambre confortable à l'arrière de la maison. Il se doucha rapidement et remit ses vieux vêtements. Il aimait se sentir propre, mais il devait avoir l'air négligé pour mieux coller à son personnage.

Il ouvrit le premier dossier. Sir David était un homme pointilleux. Il avait rassemblé les noms et les histoires récentes de toute la famille, avec des photos de vacances, des détails sur leur maison de Mayfair, leurs appartements de New York, de Paris et de Rome, leur villa des Barbades[1]. Il y avait aussi des coupures de journaux, des articles de magazines... tout ce dont il pouvait avoir besoin.

Un gong retentit. Il était sept heures. Alex descendit à la salle à manger. C'était une pièce pourvue de six fenêtres, avec une table vernie assez longue pour accueillir seize personnes. Pourtant ils n'étaient que trois : Sir David, Lady Caroline et Fiona. Les plats étaient déjà servis, probablement apportés par un majordome. Sir David lui indiqua une chaise. Alex s'assit.

— Fiona nous parlait de *Don Giovanni*, dit Lady Caroline. (Elle fit une pause, puis reprit :) C'est un opéra de Mozart.

— Je suis sûre qu'Alex ne s'intéresse pas à

_____

1. Petite île des Antilles où beaucoup de gens très riches possèdent une résidence.

81

l'opéra, dit Fiona, de mauvaise humeur. Je doute que nous ayons quoi que ce soit en commun. Pourquoi suis-je forcée de prétendre qu'il est mon frère ? C'est complètement...

— Fiona, la rappela à l'ordre Sir David à voix basse.

— Bon. C'est très bien de le recevoir ici, papa, mais je te rappelle que ce sont *mes* vacances de Pâques.

Alex prit conscience que Fiona allait certainement dans une école privée. Son trimestre s'était achevé plus tôt que le sien.

— Je trouve que ce n'est pas juste, insista-t-elle

— Alex est ici à cause de mon travail, déclara Sir David. (Ils avaient l'étrange manie de parler de lui en sa présence comme s'il n'était pas là.) Je sais que tu te poses beaucoup de questions, Fiona, mais nous ferons exactement ce que j'ai dit. Alex ne reste avec nous que jusqu'à la fin de la semaine. Je tiens à ce que tu t'occupes de lui.

— C'est en rapport avec tes supermarchés ?

— Fiona ! (Sir David ne voulait plus discuter.) Je t'ai déjà expliqué la situation. Il s'agit d'une expérience. Et tu feras de ton mieux pour qu'il se sente à l'aise !

Fiona prit son verre et regarda Alex comme s'il venait à l'instant d'entrer dans la pièce.

— Nous verrons.

Le temps s'étirait interminablement. Au bout de deux jours, Alex conclut que, s'il avait vraiment appartenu à cette famille guindée et prétentieuse, il aurait effectivement fini par se rebeller. Sir David était parti à six heures du matin dès le lendemain de son arrivée, et se trouvait toujours à Londres, communiquant avec sa femme et sa fille par courrier électronique. Lady Caroline s'appliquait à éviter Alex. Une ou deux fois, elle l'avait conduit dans le village le plus proche, sinon elle semblait passer le plus clair de son temps au lit. Quant à Fiona...

Quand elle ne parlait pas d'opéra, elle vantait son style de vie, sa richesse, ses vacances dans le monde entier. Et elle ne cachait pas son antipathie à Alex. Plusieurs fois elle lui avait demandé ce qu'il venait faire à *Haverstock Hall*. Et comme il ne lui avait pas répondu, son animosité s'était encore accrue.

Le troisième jour, elle lui présenta plusieurs de ses amis.

— Je vais chasser. Je suppose que tu n'as pas envie de venir.

Alex haussa les épaules. Il avait mémorisé la plupart des informations contenues dans les dossiers de Sir David et se croyait capable de passer sans difficulté pour un membre de la famille. Maintenant, il attendait impatiemment que la directrice adjointe du pensionnat vienne le chercher.

— Tu as déjà tiré au fusil ? demanda Fiona.

— Non.

— Moi je fais du tir et je vais à la chasse. Évidemment, tu es un citadin et tu ne peux pas comprendre.

— Je ne vois pas ce qu'il y a d'excitant à tuer des animaux.

— Ça fait partie de la vie à la campagne. C'est une tradition. (Fiona le regarda comme s'il était stupide. C'était d'ailleurs son habitude.) Et puis les bêtes adorent ça.

Hormis Fiona, le groupe se composait exclusivement de garçons. Ils étaient cinq, qui attendaient à la lisière du bois, sur le domaine de *Haverstock*. Rufus, le meneur, avait seize ans, des cheveux noirs et bouclés, et un corps athlétique. Il paraissait être le petit ami officiel de Fiona. Les autres s'appelaient Henry, Max, Bartholomew et Fred. Alex les regarda, le cœur serré. Ils portaient la veste de chasse traditionnelle, le pantalon de tweed, la casquette plate et les bottes de cuir. Ils avaient l'accent snob des collèges privés. Chacun avait un fusil et le portait sur l'avant-bras, canon cassé. Deux d'entre eux fumaient. Ils accueillirent Alex avec un mépris non dissimulé. Fiona avait dû leur parler de lui. Le garçon pauvre de Londres.

Elle bâcla les présentations. Rufus s'avança.

— Ravi de t'avoir avec nous, dit-il d'une voix

traînante en le toisant de haut en bas. Alors, on va se faire quelques balles ?

— Je n'ai pas de fusil.

— Dommage. Navré, mais je ne te prêterai pas le mien.

Rufus arma son fusil et le leva pour le faire admirer à Alex. Quatre-vingts centimètres d'acier luisant sortaient d'une crosse en noyer sombre, ornée de plaques en argent ciselées.

— C'est un fusil à canons juxtaposés et culasse mobile, fabriqué à la main par Abbiato et Salvinelli, expliqua-t-il. Il m'a coûté trois mille livres[1]... ou plutôt à ma mère. C'est mon cadeau d'anniversaire.

— Elle a dû avoir du mal à l'emballer, dit Alex. Où avait-elle mis le ruban ?

Le sourire de Rufus s'effaça.

— Tu ne connais rien aux armes. (Il fit un signe de tête à ses amis, qui tendirent à Alex un fusil tout à fait ordinaire, vieux et un peu rouillé.) Tu pourras te servir de celui-ci. Si tu es sage et ne te mets pas en travers du chemin, tu auras peut-être droit à une cartouche.

Ils éclatèrent de rire. Les deux fumeurs écrasèrent leur cigarette et tout le monde s'engagea dans le bois.

Trente minutes plus tard, Alex comprit qu'il

---

1. Environ 30 000 francs ou 4 500 euros.

avait commis une erreur en venant. Les garçons tiraient dans tous les sens, sur tout ce qui bougeait. Un lapin se transforma en une boule sanguinolente. Un pigeon dégringola à travers le feuillage en battant désespérément des ailes. En dépit de la qualité de leurs armes, ce n'étaient pas de bons tireurs. Les animaux qu'ils touchaient n'étaient généralement que blessés, et Alex avait la nausée en suivant les traces de sang sur le sol.

Ils arrivèrent à une clairière où ils firent halte pour recharger leurs fusils.

— Je rentre, déclara Alex à Fiona.

— Pourquoi ? Tu ne supportes pas la vue du sang ?

Alex regarda un lapin, à une cinquantaine de mètres, couché sur le flanc, qui agitait les pattes.

— Je suis étonné qu'on vous laisse porter des armes. Je croyais qu'il fallait avoir dix-sept ans.

Rufus l'avait entendu. Il s'avança, une lueur mauvaise dans le regard.

— À la campagne, on se moque des lois.

— Alex veut peut-être appeler la police ? ironisa Fiona.

— Le commissariat le plus proche est à soixante kilomètres.

— Tu veux mon téléphone mobile ?

Ils riaient. Alex en avait assez. Sans un mot, il tourna les talons et s'éloigna.

Il leur avait fallu trente minutes pour atteindre la clairière, mais, trente minutes plus tard, il était encore en plein bois. Perdu. Il s'en voulait. À l'aller, il aurait dû repérer le chemin. C'était une vraie forêt. S'il s'égarait dans la mauvaise direction, il risquait de s'enfoncer dans la lande, et on mettrait des jours à le retrouver. De plus, le feuillage printanier était si dense qu'il voyait à peine à dix mètres. Comment retrouver son chemin ? Devait-il revenir sur ses pas ou continuer d'avancer dans l'espoir de croiser la bonne route ?

Alex perçut le danger avant même que le premier coup de feu éclate. Peut-être un craquement de brindilles, ou un déclic de culasse. Il se figea, et c'est ce qui le sauva. Il y eut une détonation, forte et toute proche, et l'écorce d'un arbre, un mètre devant lui, vola en éclats.

Alex fit volte-face, cherchant le tireur.

— Qu'est-ce que vous faites ? hurla-t-il. Vous avez failli me toucher !

Presque aussitôt retentit un second coup de feu, suivi d'un éclat de rire excité. Alex comprit qu'ils ne l'avaient pas pris pour un animal. Ils lui avaient délibérément tiré dessus pour s'amuser !

Il se mit à courir. Les arbres semblaient l'assaillir de toutes parts, menaçant de lui bloquer la route. Sous ses pas, le sol était meuble après les récentes pluies et collait à ses semelles, comme s'il cherchait à l'engluer sur place. Il y eut une troisième détonation. Alex plongea. La balle fit voler le feuillage au-dessus de sa tête.

N'importe où dans le monde, on aurait qualifié cela d'acte de folie. Mais on était dans la campagne anglaise, et ces gamins étaient des gosses de riches qui s'ennuyaient et avaient l'habitude d'agir à leur guise. Alex les avait offensés. Peut-être sa plaisanterie sur le ruban du papier cadeau. Peut-être son refus de dire à Fiona qui il était réellement. En tout cas, ils avaient décidé de lui donner une leçon, et ne songeraient aux conséquences de leurs actes que plus tard. Avaient-ils vraiment l'intention de le tuer ? « À la campagne, nous nous moquons des lois », avait dit Rufus. Si Alex était blessé, ou même tué, ils s'en tireraient à bon compte. Un regrettable accident, expliqueraient-ils. Le pauvre garçon s'était malencontreusement trouvé dans la ligne de tir.

Non. C'était impossible.

Ils essayaient seulement de l'effrayer.

Deux nouveaux coups de feu éclatèrent. Un faisan effarouché jaillit des fourrés et s'éleva à tire-d'aile en criaillant. Alex continua de courir, le souffle court. Une grosse ronce lui fouetta la poitrine et déchira ses vêtements. Il se servait du fusil qu'on lui avait prêté pour écarter les branchages. Un enchevêtrement de racines manqua le faire tomber.

— Alex ? Où es-tu ?

C'était la voix de Rufus, haut perchée et moqueuse, venant d'une haie de feuillage. Il y eut une autre détonation, mais cette fois la balle passa largement au-dessus de sa tête. Ils ne pouvaient pas le voir. Avait-il réussi à leur échapper ?

Alex s'arrêta, hors d'haleine. Il était sorti du bois mais ne savait pas où il était. Pire, il était pris au piège. Il venait de déboucher devant un lac, large et boueux. L'eau était d'un brun vaseux et semblait presque compacte. Aucun oiseau sauvage ni canard ne rôdait dans les parages. Le soleil de la fin d'après-midi tapait en plein sur l'eau, et une odeur nauséabonde s'en dégageait.

— Il a filé par là !

— Non... par ici !

— Allons voir au lac...

Alex savait qu'il ne pouvait les laisser le rattraper ici. Il imagina son corps lesté de pierres gisant au fond du lac. Mais cela lui donna une idée. Il devait se cacher.

Il entra dans l'eau. Il lui fallait quelque chose pour respirer. Il avait vu faire ça dans des films. Les gens s'immergeaient dans l'eau et respiraient à l'aide d'un roseau creux. L'ennui, c'est qu'il n'y avait pas de roseaux. Seulement de l'herbe et des algues visqueuses.

Une minute plus tard, Rufus apparut sur la

berge, le fusil cassé sur le bras. Il s'arrêta et inspecta les alentours d'un œil exercé. Rien ne bougeait.

— Il a dû faire demi-tour, dit-il aux autres, qui l'avaient rejoint.

Une tension régnait entre eux, à présent. Un silence coupable. Ils savaient que le jeu était allé trop loin.

— Oublions-le, proposa quelqu'un.

— Tu as raison.

— Il aura eu une leçon.

Ils étaient pressés de rentrer chez eux. Le groupe disparut. Seul Rufus s'attarda, cherchant encore Alex. Il jeta un dernier regard sur l'autre rive du lac, puis tourna les talons, prêt à rattraper ses amis.

C'est alors qu'Alex réapparut. Il était resté sous l'eau, observant les silhouettes vagues des jeunes gens comme à travers une vitre épaisse et brune. Le canon du fusil était dans sa bouche, la crosse juste sous la surface de l'eau. Il l'avait utilisé en guise de tuba. Il se releva, créature cauchemardesque dégoulinant d'eau et de vase, le regard étincelant de fureur. Rufus l'entendit, mais trop tard. Alex lui assena un coup de crosse dans les reins. Rufus grogna et tomba à genoux. Son arme lui échappa des mains. Alex la ramassa. Il restait deux cartouches. Il arma le fusil.

Rufus le regarda d'un air ahuri et, soudain, perdit toute son arrogance. Il n'était plus qu'un adolescent stupide et effrayé.

— Alex ! gémit-il. (On aurait cru qu'il le voyait pour la première fois.) Je suis désolé ! Nous ne voulions pas te faire de mal. C'était une blague. C'est Fiona qui nous a poussés. Nous voulions juste t'effrayer. Je t'en prie !

Alex avait des difficultés à reprendre sa respiration.

— Comment sort-on d'ici ?

— Tu contournes le lac, haleta Rufus. Ensuite il y a un sentier...

Rufus était toujours à genoux. Il avait les larmes aux yeux. Alex s'aperçut qu'il pointait l'élégant fusil dans sa direction. Il abaissa le canon, écœuré de lui-même. Ce garçon n'était pas son ennemi. Il n'était rien.

— Ne me suis pas, ordonna Alex.

— Je t'en supplie... ! implora Rufus. Rends-moi mon fusil, s'il te plaît. Ma mère me tuera si je le perds.

Alex s'arrêta. Il soupesa l'arme, puis la lança de toutes ses forces. Le beau fusil italien tournoya dans la lumière déclinante du soleil, puis disparut avec un grand « splash » au milieu du lac.

— Tu es trop jeune pour jouer avec des armes à feu.

Il s'éloigna et s'enfonça dans la forêt.

6

Le tunnel

L'homme assis dans le fauteuil ancien en bois doré tourna lentement la tête vers la fenêtre et regarda les pentes enneigées de Pointe Blanche. Le Dr Hugo Grief avait près de soixante ans, des cheveux courts et blancs, et un visage presque aussi incolore. Sa peau était crayeuse, ses lèvres des ombres vagues, sa langue grisâtre. Cependant, contrastant avec toute cette blancheur, il portait des lunettes cerclées de métal, aux verres rouge foncé. L'effet était saisissant. Pour lui, le monde entier avait la couleur du sang. Il avait de longs doigts, aux ongles parfaitement manucurés. Un costume sombre boutonné jusqu'au cou. Si les vampires existaient, Hugo Grief était leur modèle.

— J'ai décidé de passer à la dernière phase du projet Gemini, dit-il avec un accent sud-africain, en mordant les mots avant qu'ils franchissent ses lèvres. On ne peut le retarder plus longtemps.

— Je comprends, docteur Grief.

Une femme se tenait assise face à lui, vêtue d'un justaucorps en Lycra, avec un bandeau autour du front. Elle venait tout juste de terminer sa gymnastique matinale : deux heures d'haltères et d'aérobic, et avait encore le souffle court. Ses muscles impressionnants gonflaient son maillot. Mme Stellenbosch avait une structure de visage qui n'avait pas grand-chose d'humain, avec des lèvres saillantes qui dépassaient de son nez, et des mèches de cheveux roux vif qui tombaient sur un front en pain de sucre. Elle tenait un verre rempli d'un liquide laiteux et verdâtre. Ses doigts épais et courts menaçaient de briser le verre si elle n'y prenait garde.

Elle avala d'un trait sa boisson, puis fit la grimace.

— Vous êtes certain que nous sommes prêts ?

— De toute façon, nous n'avons pas le choix, répondit le Dr Grief. Il y a eu deux résultats insatisfaisants au cours des derniers mois. D'abord Ivanov. Ensuite Roscoe à New York. Outre les frais importants qu'ont coûté ces éliminations, il est possible que quelqu'un ait fait le rapprochement entre les deux morts.

— Possible mais peu probable, objecta Mme Stellenbosh.

— Les Services secrets sont ramollis et inefficaces, c'est vrai. Que ce soit la C.I.A. américaine, le MI 6 britannique, et même le K.G.B. russe ! Ils ne sont plus que l'ombre de ce qu'ils ont été. Néanmoins il y a toujours le risque que l'un d'eux ait accidentellement découvert quelque chose. Plus tôt nous achèverons cette phase de l'opération, moins nous aurons de chances d'être repérés. (Le Dr Grief réunit ses mains et posa le menton sur le bout de ses longs doigts.) Quand doit arriver le dernier ?

— Alex ? dit Mme Stellenbosh en reposant son verre. (Elle ouvrit son sac et en sortit un mouchoir pour s'essuyer les lèvres.) Je pars en Angleterre demain.

— Excellent. Vous l'emmènerez à Paris avant de venir ici ?

— Bien sûr, docteur. Si c'est ce que vous voulez.

— C'est exactement ce que je veux, madame Stellenbosh. Le travail préliminaire se fera là-bas. Ça gagnera du temps. Et Sprintz ?

— Je crains qu'il ne nous faille attendre encore quelques jours.

— Ce qui signifie qu'Alex et Sprintz seront ici en même temps ?

— Oui.

Le Dr Grief réfléchit un instant. Il devait peser le risque d'une rencontre des deux garçons, et celui d'une trop grande précipitation. Par chance, il avait un esprit scientifique et ne commettait jamais d'erreur de calcul.

— Très bien, conclut-il. Sprintz restera avec nous encore quelques jours.

Mme Stellenbosh hocha la tête.

— Alex Friend est une prise de valeur, ajouta le Dr Grief.

— À cause des supermarchés ? dit Mme Stellenbosh, visiblement peu convaincue.

— Son père est le conseiller privé du Premier ministre britannique. C'est un homme très important. Je suis sûr que son fils répondra à toutes nos attentes. (Le Dr Grief sourit. Ses yeux rougeoyèrent.) Alex sera bientôt dans les murs de l'école. À ce moment-là, le projet Gemini arrivera enfin à son terme.

— Tu te tiens mal assis, dit Fiona. Ton dos n'est pas droit. Tes mains doivent être plus basses. Et tes pieds pointent dans la mauvaise direction.

— Quelle importance, du moment qu'on s'amuse ? grommela Alex entre ses dents serrées.

C'était son quatrième jour à *Haverstock Hall*. Fiona l'avait emmené faire du cheval. Alex ne s'amusait pas du tout. Avant de partir, il avait dû endurer l'inévitable leçon théorique, qu'il avait d'ailleurs à peine écoutée. Les chevaux étaient espagnols... ou hongrois ? Ils avaient gagné une pleine brouette de médailles d'or. Alex s'en moquait. Il ne voyait qu'une chose : son cheval était grand, noir et attirait les mouches ; et il le montait avec l'élégance d'un sac de patates sur un trampoline.

Ils avaient à peine fait allusion à l'incident de la forêt. Quand Alex était rentré en boitant au manoir, tremblant et gelé, Fiona lui avait poliment apporté une serviette et offert une tasse de thé.

— Vous avez essayé de me tuer !

— Ne sois pas idiot ! s'était défendue Fiona, avec une lueur dans le regard qui ressemblait vaguement à de la pitié. Jamais nous ne ferions une chose pareille. Rufus est un très gentil garçon.

— Quoi... ?

— Ce n'était qu'un jeu, Alex. On s'amusait, c'est tout.

Ils en étaient restés là. Fiona avait souri, comme si le sujet était clos, et elle était allée nager. Alex avait passé le reste de la soirée à lire les dossiers. Il lui fallait assimiler une histoire familiale de quatorze années. Il y avait des oncles, des tantes, les camarades d'Eton, une foule de gens dont il devait tout connaître sans les avoir jamais rencontrés. Le pire était de s'imprégner de ce style de vie luxueux. Voilà pourquoi il était sorti à cheval avec Fiona. Elle bien droite dans sa tenue de cavalière, lui brinquebalant derrière.

Fiona avait essayé de lui enseigner la technique de base, notamment la différence entre le pas, le trot et le galop. Mais l'équitation était un sport dont Alex avait décidé qu'il ne lui convenait pas. Chacun de ses os paraissait avoir changé de place, et son postérieur lui faisait tellement mal qu'il doutait de pouvoir un jour se rasseoir. Son supplice réjouissait Fiona. Il se demandait même si elle n'avait pas choisi un chemin particulièrement accidenté pour le torturer davantage. Ou alors c'était le cheval qui était particulièrement difficile.

Ils chevauchaient depuis une heure et demie lorsqu'ils arrivèrent devant une voie de chemin de fer qui s'enfonçait dans un tunnel. Un passage à niveau automatique, équipé d'une cloche et de feux clignotants, était chargé d'avertir les automobilistes de l'approche d'un train. Fiona engagea son petit cheval gris sur la voie. Le cheval d'Alex lui emboîta automatiquement le pas. Alex pensait qu'ils allaient traverser la voie, mais, devant la seconde barrière, Fiona s'arrêta.

— Si tu as envie de rentrer plus vite à la maison, il y a un raccourci.

— Un raccourci, ce serait parfait, admit Alex.

— C'est par ici.

Fiona désigna les rails qui menaient au tunnel : un trou noir dans le flanc d'une colline, avec une entrée en briques rouge sombre. Alex regarda Fiona pour voir si elle plaisantait. Apparemment elle était sérieuse. Il se tourna vers le tunnel. On aurait dit un canon de fusil pointé qui lui intimait de rester à distance. Alex imaginait un doigt géant pressé sur la détente, quelque part derrière la colline. Combien mesurait ce tunnel ? En le scrutant plus attentivement, il distingua un minuscule point de lumière à l'autre extrémité. Peut-être un kilomètre.

— C'est une blague, dit Alex.

— Absolument pas. Je ne raconte jamais de blagues. Je pense tout ce que je dis. Je suis comme mon père.

— Ton père n'est pas cinglé, marmonna Alex.

Fiona feignit de ne pas l'entendre.

— Le tunnel mesure exactement un kilomètre de long. De l'autre côté il y a un pont, puis un autre passage à niveau. De là, on rejoint la maison en trente minutes. Sinon, il faut une heure et demie par le chemin que nous avons pris.

— Reprenons le même chemin.

— Ne sois pas si froussard, Alex ! Il passe un train toutes les heures, sur cette voie. Et le prochain ne sera pas là avant... (Elle regarda sa montre.)... Vingt minutes. J'ai emprunté ce tunnel des centaines de fois. Il ne faut pas plus de cinq minutes. Moins, si on y va au galop.

— C'est quand même débile d'aller à cheval sur une voie ferrée.

— Très bien. Dans ce cas, tu devras retrouver ton chemin tout seul. (Elle éperonna son cheval et s'engagea sur les rails.) À plus tard !

Alex se savait incapable de rentrer sans elle. Il ne connaissait pas la route et avait trop de mal à maîtriser son cheval. Celui-ci emboîta d'ailleurs le pas de celui de Fiona sans lui demander son avis. Allaient-ils réellement entrer dans le tunnel ? Cela paraissait incroyable, pourtant Fiona affirmait l'avoir déjà fait. D'ailleurs les deux chevaux avançaient sans hésiter.

Alex frissonna quand l'obscurité se referma sur eux. Il faisait froid et humide. Ça sentait la suie et le gazole. Le tunnel formait une chambre d'écho naturelle. Le bruit des sabots sur les graviers du ballast résonnait tout autour d'eux. Et si son cheval trébuchait ? Alex préféra chasser cette pensée.

La selle de cuir couinait. Peu à peu sa vue s'accoutumait aux ténèbres. Un peu de jour filtrait encore derrière eux. Le plus rassurant était d'apercevoir la sortie. Le cercle de lumière s'élargissait à chaque pas. Alex s'efforça de se détendre. Finalement l'idée n'était peut-être pas si mauvaise.

Fiona avait ralenti pour que les deux chevaux avancent côte à côte.

— Tu t'inquiètes toujours à cause du train, Alex ? Tu devrais peut-être accélérer un peu l'allure...

Il entendit la cravache de Fiona fendre l'air et fouetter la croupe de son cheval, qui hennit et bondit en avant. Alex fut projeté en arrière et faillit tomber de sa selle. En serrant les genoux, il parvint à s'accrocher, mais le haut de son corps formait un angle bizarre. Les rênes tiraient sur le mors du cheval. Fiona éclata de rire. Alex n'avait plus conscience que du vent sur son visage, de l'obscurité qui l'enveloppait, des sabots qui martelaient lourdement le remblai. La poussière l'aveuglait. Il crut qu'il allait tomber.

Tout à coup, ils jaillirent miraculeusement dans la lumière. Alex retrouva tant bien que mal son équilibre et parvint à maîtriser son cheval, en tirant fermement sur les rênes et en serrant les genoux. Il prit une profonde respiration, lâcha un juron et attendit Fiona.

Il s'était arrêté sur le pont dont elle avait parlé. C'était un vieux pont de fer qui enjambait une rivière. Il avait beaucoup plu au cours du mois précédent et l'eau verte dévalait la pente, profonde et sombre. Prudemment, il tourna bride pour faire face au tunnel. S'il faisait une mauvaise manœuvre, il risquait de basculer par-dessus les rambardes du pont qui mesuraient à peine un mètre de hauteur.

Il guetta Fiona. Elle avait dû galoper derrière lui, sans doute en riant de sa maladresse. Il scruta la sortie du tunnel. Tout à coup, le cheval gris surgit devant lui à bride abattue et poursuivit sa course de l'autre côté du pont.

Mais il était seul.

Il fallut à Alex quelques secondes pour reprendre ses esprits. Fiona avait dû être désarçonnée. Son cheval avait peut-être trébuché. Peut-être gisait-elle dans le tunnel. Sur la voie. Quand était prévu le prochain train ? Vingt minutes, avait-elle dit. Mais cinq s'étaient déjà écoulées, et elle avait pu exagérer, ou se tromper. Que faire ? Il n'avait que trois possibilités.

Retourner à pied dans le tunnel.

Y retourner à cheval.

Rentrer à la maison sans s'occuper d'elle.

Non. Il n'avait que deux possibilités. Il pesta et saisit fermement ses rênes. Il faudrait bien que ce satané cheval obéisse. Il fallait sortir Fiona du tunnel, et vite.

Peut-être communiqua-t-il son désespoir à l'animal, car celui-ci essaya d'abord de reculer, mais, lorsque Alex l'éperonna, il accepta d'avancer et entra d'un pas résigné dans le tunnel. Alex l'éperonna à nouveau. Il ne voulait pas lui faire mal mais ne connaissait aucun autre moyen de se faire obéir.

Le cheval partit au petit trot. Alex appela Fiona. Pas de réponse. Il avait espéré l'apercevoir marchant à sa rencontre, mais il n'entendait pas le moindre bruit de pas. Si seulement il y avait un peu plus de lumière !

Le cheval s'arrêta brusquement. Fiona était là, allongée en travers des rails. Si un train arrivait maintenant, il la couperait en deux. Il faisait trop sombre pour distinguer son visage, mais quand elle parla, il entendit la douleur dans sa voix :

— Alex, je crois que je me suis cassé la cheville.

— Que s'est-il passé ?

— Je ne sais pas exactement. Je galopais derrière toi pour te rattraper quand quelque chose m'a touché le visage. Peut-être une toile d'araignée. J'ai été surprise et j'ai perdu l'équilibre.

Pour le rattraper ! À l'entendre, c'était de sa faute. Avait-elle oublié que c'était elle qui avait fouetté la croupe de son cheval ?

— Tu peux te lever ? demanda Alex.

— Je ne crois pas.

Alex soupira. Tenant solidement ses rênes, il mit pied à terre. Fiona n'aurait pu mieux choisir son endroit ! Elle était tombée juste au milieu du tunnel. Il se força à ne pas céder à la panique. Selon ses calculs, le train serait là dans dix minutes. Il se pencha pour aider Fiona à se redresser. Il posa le pied sur un rail... et perçut quelque chose. Un frémissement parcourut toute sa jambe. Le rail vibrait.

Le train !

— Lève-toi, dit-il en essayant de dissimuler sa peur.

Il imaginait déjà le train fonçant sur la voie, puis s'engouffrant dans le tunnel. Une torpille de cinq cents tonnes qui allait les réduire en miettes ! Il imaginait le grincement des roues, le rugissement de la locomotive. Du sang et des ténèbres. Quelle horrible façon de mourir.

Mais il leur restait encore un peu de temps.

— Tu peux bouger les orteils ?

— Je crois, oui, répondit Fiona en s'accrochant à lui.

— Alors c'est seulement foulé, pas cassé. Viens.

Il la souleva, tout en se demandant s'il leur serait possible de rester à l'intérieur du tunnel, sur le bord de la voie. S'ils se plaquaient contre la paroi, le train passerait peut-être sans les toucher. Mais comment en être sûr ? De plus, à supposer que le train les épargne, il percuterait le cheval. Et s'il déraillait ? Des dizaines de personnes risquaient de mourir.

— Le train qui passe ici, il transporte des voyageurs ?

— Oui, dit Fiona, des larmes dans la voix. C'est le train de Glasgow.

C'était bien sa chance. Un des rares trains qui devait arriver à l'heure.

Fiona se figea.

— Qu'est-ce que c'est ?

Elle venait d'entendre le tintement d'une cloche. Le passage à niveau ! La cloche signalait l'arrivée du convoi. La barrière automatique allait bloquer la route.

Alex entendit un deuxième bruit qui lui glaça le sang. Pendant un instant, il eut la respiration coupée. C'était une sensation extraordinaire. L'air restait bloqué dans ses poumons et refusait d'en sortir. Tout son corps était paralysé comme si un interrupteur avait déconnecté son cerveau. Il était purement et simplement terrorisé.

Le sifflet du train retentit. Il était encore à près de deux kilomètres, mais le tunnel faisait caisse de résonance. Ensuite leur parvint le grondement du moteur Diesel. La locomotive fonçait vers eux. Sous leurs pieds, les rails vibraient de plus en plus.

Alex aspira une bouffée d'air et força ses jambes à lui obéir.

— Monte sur le cheval, Fiona ! Je vais t'aider.

Sans se soucier de lui faire mal, il la traîna jusqu'au cheval et la hissa sur la selle. Le vacarme augmentait à chaque seconde. Les rails bourdonnaient tel un diapason géant. L'air même semblait se mettre en mouvement.

Fiona gémit et se mit en selle. Le cheval hennit et fit un pas de côté. L'espace d'un instant terrifiant, Alex crut qu'elle allait partir sans lui. Il distinguait à peine les silhouettes de l'animal et de sa cavalière. Fiona saisit les rênes et calma le cheval. Alex empoigna la crinière et se hissa sur l'encolure, devant Fiona. Le fracas du train devenait insoutenable. De la suie et des éclats de ciment tombaient de la voûte. Une seconde, ils restèrent paralysés, puis Alex prit les rênes et Fiona s'agrippa à sa taille.

— Allez, hue ! hurla Alex.

Le cheval n'avait pas besoin d'encouragement. Il s'élança au galop vers la lumière. Alex et Fiona étaient ballottés l'un contre l'autre.

Alex n'osait pas regarder en arrière, mais il sentit le train pénétrer dans la bouche du tunnel, à cent cinquante kilomètres à l'heure. Une onde de choc les frappa. Le train propulsait l'air devant lui comme une masse solide et compacte. Le cheval perçut le danger et accéléra encore l'allure. Ses sabots volaient au-dessus des traverses. La sortie du tunnel s'ouvrait devant eux, mais Alex comprit qu'ils n'y arriveraient pas. Même à l'extérieur, ils seraient toujours pris au piège entre les rambardes du pont. Le second passage à niveau se trouvait encore à cent mètres. Ils parviendraient peut-être à quitter le tunnel, mais ils mourraient à l'air libre.

Le cheval atteignit la sortie. Le cercle de ténèbres se referma derrière eux. Fiona hurlait, les bras serrés autour d'Alex, si étroitement qu'il pouvait à peine respirer. Mais c'est tout juste s'il l'entendait, tant le grondement du train était assourdissant. Alors que le cheval galopait désespérément sur le pont, Alex risqua un regard en arrière. Il vit l'énorme monstre de fer jaillir du tunnel, la locomotive peinte du rouge éclatant de la compagnie Virgin. Le conducteur ouvrit des yeux horrifiés derrière son pare-brise. Un second coup de sifflet explosa. Alex sut qu'il ne lui restait qu'une chose à faire. Il tira sur une rêne, en même temps qu'il talonnait le flanc du cheval du côté opposé, espérant que l'animal comprendrait son ordre.

Par miracle, il comprit. Le cheval obliqua, face à la rambarde du pont... et sauta.

Le train les manqua de peu. Le convoi rouge passa comme un éclair. Ils semblèrent rester suspendus en l'air. Fiona hurla. Tout se passa comme au ralenti. La rivière parut se soulever pour les recevoir.

Le cheval et ses deux cavaliers percutèrent l'eau

verte. Alex eut juste le temps d'aspirer un peu d'air. Si l'eau n'était pas assez profonde, ils risquaient de s'écraser sur le fond. Mais ils furent précipités dans un tourbillon sombre et glacé qui les avala avidement, menaçant de les garder pour toujours. Des bulles jaillirent de ses lèvres et Alex comprit qu'il criait.

Finalement, il remonta à la surface. Le courant était fort et, entravé par ses vêtements et ses chaussures, il eut du mal à nager jusqu'à la berge la plus proche.

Le conducteur n'avait pas arrêté sa machine. Peut-être était-il trop effrayé par ce qui venait de se passer. Peut-être espérait-il faire comme si rien ne s'était passé. Le train avait disparu.

Alex se hissa sur la berge en tremblant. Il entendit un crachotement et une toux, et Fiona apparut derrière lui. Elle avait perdu sa bombe de cavalière et ses longs cheveux recouvraient son visage. Le cheval aussi avait réussi à gagner la terre ferme. Il s'éloigna sur l'herbe au petit trot et s'ébroua, visiblement indemne. Alex en fut soulagé. Finalement, c'était lui qui les avait sauvés.

Il se releva, tout dégoulinant. Tout son corps était insensible. Était-ce à cause de l'eau glacée ou du choc ? Il s'approcha de Fiona et l'aida à se mettre debout.

— Tu n'as rien ?

— Non, ça va, répondit-elle en lui jetant un regard étrange. (Elle chancela et il lui donna la main.)
Merci, Alex.

— De rien.

— Si. (Elle retint sa main dans la sienne. Son chemisier était déchiré. D'un mouvement de la tête, elle rejeta ses cheveux en arrière.) Ce que tu viens de faire est... fantastique. Alex, je suis désolée d'avoir été si odieuse avec toi. Je pensais... je pensais que tu étais là pour profiter de la situation. Que tu n'étais qu'un voyou. Mais je me suis trompée sur ton compte. Tu es vraiment génial. Maintenant je sais que nous allons être amis. (Elle ferma les yeux à demi et se rapprocha de lui, les lèvres légèrement entrouvertes.) Tu peux m'embrasser, si tu veux.

Alex s'écarta d'elle et recula.

— Non merci, Fiona. Franchement, je crois que je préférerais encore embrasser le cheval.

7

Édition spéciale

L'hélicoptère tourna deux fois au-dessus de *Haver-stock Hall* avant d'entamer sa descente. C'était un Robinson R-44 à quatre places, de fabrication américaine. Il n'y avait qu'une seule personne à bord : le pilote. Lady Caroline et Sir David Friend, qui était revenu de Londres, sortirent pour le regarder atterrir. Le rugissement du moteur diminua et les pales commencèrent à ralentir. La porte de la cabine s'ouvrit et le pilote descendit, vêtu d'une combinaison de vol en cuir, avec un casque et des lunettes.

Le pilote s'approcha des Friend et leur tendit la main.

— Bonjour. Je suis Mme Stellenbosh, de Pointe Blanche.

Si Sir David et Lady Caroline avaient été choqués par l'apparence d'Alex, celle de la directrice adjointe les laissa bouche bée. Sir David fut le premier à se ressaisir.

— Vous pilotez l'hélicoptère vous-même ?

— Oui, j'ai mon brevet, répondit Mme Stellenbosh d'une voix forte pour couvrir le bruit des rotors qui tournaient encore.

— Voulez-vous entrer boire une tasse de thé ? proposa Lady Caroline.

Elle les guida au salon, où Mme Stellenbosh s'assit, jambes écartées, son casque à côté d'elle sur le sofa. Sir David et Lady Caroline prirent place en face de leur visiteuse. Le majordome apporta le thé sur un plateau.

— La fumée ne vous dérange pas ? demanda Mme Stellenbosh. (Sans attendre leur réponse, elle plongea la main dans une poche et en sortit un petit paquet de cigares. Elle en alluma un et souffla la fumée.) Quelle magnifique maison vous avez, Sir David. Et décorée avec un tel goût ! Où est Alex ?

— Il est sorti se promener.

— Il doit être un peu nerveux, je suppose. (Elle sourit et prit la tasse de thé que lui tendait Lady Caroline.) J'ai cru comprendre que votre fils vous cause beaucoup de soucis.

Sir David hocha la tête. Son regard ne laissait rien transparaître. Il parla d'Alex, de son expulsion d'Eton, de ses rébellions incessantes. Lady Caroline écoutait en silence, en posant de temps à autre la main sur le bras de son mari.

— Je ne sais plus quoi faire, conclut Sir David. Nous avons une fille un peu plus âgée, qui nous donne entière satisfaction. Mais Alex passe son temps à traîner à droite et à gauche. Il ne lit pas, ne s'intéresse à rien. Quant à son allure... vous verrez vous-même. Pointe Blanche est notre dernier recours, madame Stellenbosh. Nous espérons de toutes nos forces que vous parviendrez à le remettre dans le droit chemin.

Le cigare de Mme Stellenbosh décrivit un petit cercle, qui laissa une traînée grise en suspension.

— Je suis certaine que vous avez été un excellent père, Sir David, roucoula-t-elle. Malheureusement, de nos jours, certains enfants ont un comportement impossible. Vous avez bien fait de vous adresser à nous. Comme vous le savez, notre école a obtenu des résultats remarquables depuis onze ans.

— Quel est votre secret ? demanda Lady Caroline.

— Nous avons nos méthodes, répondit succinctement Mme Stellenbosh en tapotant la cendre de son cigare dans la soucoupe. Je vous promets que nous viendrons à bout des problèmes d'Alex. Ne vous inquiétez pas ! À son retour chez vous, il sera totalement métamorphosé !

Pendant ce temps, Alex marchait dans un pré, à un kilomètre de là. Il avait vu l'hélicoptère se poser et savait que le moment était venu. Mais il n'était pas encore prêt à partir. Mme Jones lui avait téléphoné la veille au soir. Le MI 6 ne voulait pas l'envoyer en territoire ennemi les mains vides.

Il regarda une moissonneuse-batteuse avancer lentement à sa rencontre. L'engin s'arrêta avec un soubresaut et la portière de la cabine s'ouvrit. Un homme en descendit... avec d'énormes difficultés. Il était si gros qu'il dut littéralement s'arracher à son siège. Une fesse d'abord, puis l'autre, l'estomac, et enfin les épaules et la tête. Il portait un bleu de travail sur une chemise à carreaux. Mais même avec un chapeau de paille et un brin d'herbe entre les dents, jamais on ne l'aurait pris pour un vrai fermier.

L'homme lui adressa un sourire.

— Salut, vieux.

— Bonjour, monsieur Smithers.

Smithers travaillait pour le MI 6. C'était lui qui avait équipé Alex de divers gadgets lors de sa dernière mission.

— Ravi de te revoir ! Que penses-tu de ma couverture ? On m'a conseillé de me fondre dans le paysage campagnard.

— La moissonneuse-batteuse est une idée géniale, admit Alex. Mais nous sommes en avril, et en avril on ne moissonne pas.

— Zut ! J'aurais dû y penser, dit Smithers. Il faut avouer que je ne suis pas un agent de terrain ! (Il éclata de rire, ravi de sa plaisanterie.) Quoi qu'il en soit, je suis content de retravailler avec toi, Alex. Je t'ai concocté quelques petits trucs ingénieux. Ce n'est pas si souvent que je collabore avec un adolescent. C'est beaucoup plus amusant qu'avec les adultes.

Il sortit une valise de la cabine.

— Cette fois, c'était plus délicat, reprit-il.

— J'ai encore droit à une Game Boy Nintendo ?

— Non. C'est bien le problème. Les jeux sont interdits à l'école, de même que les ordinateurs. Ils fournissent leurs propres portables. Dommage, car j'aurais pu y cacher toutes sortes de gadgets. Bon. Voyons voir... (Il ouvrit la valise.) On m'a dit qu'il y avait beaucoup de neige, à Pointe Blanche. Alors tu auras besoin de ça.

— Une combinaison de ski ?

— Oui. Mais elle est parfaitement isolante et pare-balles. (Il sortit ensuite des lunettes de soleil.) Des lunettes de ski. Au cas où tu devrais te déplacer de nuit, elles sont à infrarouge. Une pile est dissimulée dans la monture. Il te suffit de presser le bouton et tu pourras voir à vingt mètres, même s'il n'y a pas de lune.

Smithers plongea à nouveau dans la valise.

— Et maintenant, qu'est-ce qu'un garçon de ton âge transporte toujours avec lui ? Un baladeur. Par chance, ils sont autorisés. À condition de n'écouter que des CD de musique classique.

— Donc, pendant que les méchants me tireront dessus en pleine nuit, je pourrai écouter de la musique.

— Absolument. Mais surtout pas Beethoven ! s'exclama Smithers en brandissant un CD. Le lecteur se transforme en scie électrique. Le pourtour du CD est muni d'un diamant capable de couper à peu près tout. Très utile en cas d'évasion précipitée. Il y a aussi un appel de détresse intégré. Si tu as besoin d'aide, appuie trois fois sur le bouton. Ça émettra un signal que captera notre satellite, et nous viendrons à ta rescousse dans les plus brefs délais.

— Merci, monsieur Smithers, dit Alex.

Il était déçu et cela se voyait.

— Je sais ce que tu veux, mais tu sais que c'est impossible. Pas d'armes ! M. Blunt est formel. Il te trouve trop jeune.

— Pas trop jeune pour me faire tuer.

— Oui, je sais. J'ai réfléchi et je t'ai concocté

quelques... instruments défensifs, pourrait-on dire. Mais ça doit rester entre toi et moi. D'accord ? Je suis sûr que M. Blunt me désapprouverait.

Il tendit la main. Un clou en or, taillé en forme de diamant, et son attache pour le fixer à l'oreille. Les deux parties étaient séparées et paraissaient ridiculement minuscules au milieu de la grosse main de Smithers.

— Il paraît qu'on t'a percé l'oreille. Alors je t'ai fabriqué ceci. Sois prudent une fois que tu l'auras mis. Quand on détache les deux parties, ça l'active.

— Ça active quoi ?

— Un petit engin explosif très puissant. Il suffit de séparer le clou de l'attache. Tu comptes jusqu'à dix et ça te perce un trou dans à peu près n'importe quoi... ou n'importe qui.

— Du moment que ça ne me fait pas exploser l'oreille, marmonna Alex.

— Mais non, voyons. C'est parfaitement inoffensif tant que le clou reste fixé, sourit Smithers. Pour finir, j'ai encore ceci. J'avoue que j'en suis assez fier. C'est exactement le genre de cadeau que l'on offrirait à un garçon qui part dans un pensionnat. Je l'ai acheté tout spécialement à ton intention.

Smithers lui tendit un livre. C'était une édition reliée de *Harry Potter et la Chambre des Secrets*.

— Merci, mais je l'ai déjà lu.

— C'est une édition spéciale. Il y a un revolver

camouflé dans le dos du livre. Il est chargé d'une flèche paralysante. Tu vises, puis tu appuies sur le nom de l'auteur. Ça paralyse un adulte en moins de cinq secondes.

Alex sourit. Smithers se hissa dans la moissonneuse-batteuse. Il resta bloqué un moment interminable dans l'encadrement de la porte, mais, avec un grognement, il parvint enfin à se glisser sur le siège.

— Bonne chance, mon garçon ! Reviens-nous en un seul morceau ! J'adore t'avoir parmi nous !

L'heure du départ était venue.

Ses bagages étaient déjà dans l'hélicoptère, et Alex se tenait à côté de ses « parents », son *Harry Potter* sous le bras. Eva Stellenbosh l'attendait près de l'appareil. Il avait d'abord été choqué par son allure, puis s'était ressaisi. Il n'avait pas besoin d'être poli. Alex Rider avait de bonnes manières, mais Alex Friend se moquait de ce qu'elle pouvait penser de lui. Il lui jeta un regard hargneux et s'aperçut qu'elle l'étudiait attentivement tandis qu'il disait au revoir aux Friend.

Sir David joua parfaitement son rôle de père.

— Au revoir, Alex. Écris-nous pour nous dire si tout va bien.

— Si tu veux, grommela Alex.

Lady Caroline s'avança pour l'embrasser. Alex

s'écarta, l'air bougon et embarrassé. Il devait admettre qu'elle paraissait sincèrement triste.

— Allons, en route, Alex ! s'impatienta Mme Stellenbosh, pressée de partir.

C'est alors que Fiona apparut. Ils ne s'étaient plus adressé la parole depuis leur mésaventure dans le tunnel. Il l'avait repoussée et savait qu'elle ne le lui pardonnerait jamais. Le matin, elle n'avait pas assisté au petit déjeuner, et il pensait ne pas la revoir avant son départ. Alors que venait-elle faire ici ?

Soudain il comprit. Fiona venait lui causer des ennuis. Un dernier coup bas avant la séparation. Il le devina à sa façon de traverser la pelouse en courant, les poings serrés.

Fiona ignorait qu'il était un espion. Mais elle devait se douter qu'il n'était pas là par hasard et que cela avait un rapport avec cette étrangère venue en hélicoptère. Sans doute avait-elle décidé de tout gâcher. Peut-être en posant des questions gênantes. Ou en dévoilant à Mme Stellenbosh qu'il n'était pas son frère. Dans ce cas, sa mission serait terminée avant même d'avoir débuté. Tout son travail préparatoire et le temps passé chez les Friend n'auraient servi à rien.

— Fiona, murmura Sir David, le regard sévère.

Il avait abouti à la même conclusion qu'Alex. Fiona ignora son père.

— Vous êtes venue chercher Alex ? lança-t-elle à Mme Stellenbosh.

— Oui, mademoiselle.

— Eh bien, j'ai quelque chose à vous apprendre à son sujet.

Alex n'avait pas le choix. Il pointa *Harry Potter* sur Fiona et appuya d'un coup sec sur le dos du livre. Il n'y eut aucun bruit, mais le livre vibra dans sa main. Fiona porta brusquement la main à sa jambe. Toute couleur disparut de son visage et elle s'écroula sur l'herbe.

Lady Caroline s'élança. Mme Stellenbosh ouvrit des yeux ronds. Alex se tourna vers elle, le visage impassible.

— C'est ma sœur, dit-il. Elle est très émotive.

Deux minutes plus tard, l'hélicoptère décolla. Alex regarda par la vitre *Haverstock Hall* rétrécir, puis s'évanouir dans le lointain. Mme Stellenbosh était penchée sur les commandes, les yeux cachés derrière ses lunettes noires. Alex se relaxa et se laissa emporter dans le ciel qui s'assombrissait. Des nuages les engloutirent. La campagne disparut.

Alex avait gâché la seule arme véritable dont il disposait. Il était seul.

8

Chambre 13

À Paris, il pleuvait. La ville avait un air triste et morose. La tour Eiffel luttait contre une masse de nuages lourds. Personne ne se prélassait aux terrasses des cafés et, exceptionnellement, les petits kiosques de gravures et de cartes postales étaient délaissés par les touristes qui regagnaient en hâte leurs hôtels. Il était six heures de l'après-midi. La journée s'achevait. Les bureaux commençaient à se vider, mais la ville s'en moquait. Elle avait envie qu'on la laisse tranquille.

Mme Stellenbosh avait prévenu Alex qu'ils feraient une étape à Paris pour se ravitailler en carburant. L'hélicoptère s'était posé sur une piste privée de l'aéroport Charles-de-Gaulle, où une voiture les attendait pour les conduire en ville. Alex n'avait pas dit un mot de tout le vol. Maintenant il était assis tout seul sur la banquette arrière et il regardait défiler les immeubles. La voiture longeait la Seine par la voie sur berge. Ils passèrent devant Notre-Dame, puis s'engagèrent dans un entrelacs de petites rues, bordées de restaurants et de boutiques qui rivalisaient pour occuper les trottoirs.

— Le Marais, indiqua Mme Stellenbosh.

Alex feignit une indifférence totale. En réalité, il avait déjà séjourné dans ce quartier avec son oncle, autrefois, et il savait que c'était devenu l'un des endroits les plus recherchés et les plus chers de Paris.

La voiture tourna sur une grande place et s'arrêta. Alex jeta un coup d'œil par la vitre. La place était carrée et entourée de maisons anciennes. Malheureusement, un hôtel moderne la défigurait. C'était un bloc rectangulaire et blanc, avec des vitres teintées qui empêchaient de voir à l'intérieur. Il avait quatre étages, avec un toit plat et une enseigne en lettres dorées au-dessus de la porte : *Hôtel du Monde*. Un vaisseau spatial qui aurait atterri là, en écrasant une ou deux maisons, n'aurait pas paru plus incongru sur cette place.

— Nous allons passer la nuit ici, annonça

Mme Stellenbosh. L'hôtel appartient à Pointe Blanche.

Le chauffeur sortit les bagages du coffre tandis qu'Alex suivait Mme Stellenbosh dans le hall de l'hôtel, dont la porte coulissante s'ouvrit automatiquement. La réception était froide et impersonnelle, avec du marbre blanc et des miroirs, et une unique plante verte reléguée dans un angle. Un réceptionniste en costume sombre et lunettes se tenait derrière un guichet, muni d'un ordinateur et d'une rangée de casiers numérotés. Apparemment, l'hôtel possédait quinze chambres.

— Bonsoir, madame Stellenbosh, dit le réceptionniste en français, avec un léger hochement de tête. Il ne daigna même pas regarder Alex.

— J'espère que vous avez fait bon voyage.

Alex feignit de ne pas comprendre un mot. Alex Friend n'était pas censé parler le français. Jamais un rebelle et un flemmard comme lui ne se serait donné la peine de l'apprendre. Mais Alex Rider, sous l'impulsion et les encouragements de son oncle Ian, avait appris plusieurs langues étrangères. Le français, l'allemand et l'espagnol.

Le réceptionniste décrocha deux clés. Il ne leur demanda pas de signer le registre, ni de carte de crédit. Puisque l'hôtel appartenait à Pointe Blanche, pas besoin de facture. Le réceptionniste donna une clé à Alex.

— J'espère que vous n'êtes pas superstitieux, reprit-il, en anglais cette fois.

— Non.

— C'est la chambre n° 13. Au premier étage. Je suis sûr que vous la trouverez agréable.

Le réceptionniste sourit. Mme Stellenbosh prit sa clé et se tourna vers Alex.

— L'hôtel a son propre restaurant. Nous dînerons ici. Inutile de sortir sous la pluie. D'ailleurs la table est excellente. Tu aimes la cuisine française, Alex ?

— Pas beaucoup.

— Dommage. Mais je suis sûre que nous trouverons quelque chose qui te conviendra. Pourquoi ne pas monter faire un brin de toilette ? (Elle regarda sa montre.) Nous dînerons à sept heures. Cela nous donnera l'occasion de bavarder. Puis-je te suggérer de te changer pour le dîner ? Les Français ne sont pas conformistes, mais... pardonne cette remarque, mon cher : tu pousses le non-conformisme un peu loin. Je t'appellerai à sept heures moins cinq. J'espère que ta chambre te plaira.

La chambre n° 13 se trouvait au bout d'un long couloir étroit. La porte ouvrait sur une pièce étonnamment spacieuse, avec des fenêtres donnant sur la place. Il y avait un grand lit recouvert d'un dessus-de-lit noir et blanc, une télévision, un mini-bar, un bureau et, sur le mur, deux gravures représentant Paris. Un porteur avait monté ses bagages derrière lui. Dès qu'il fut seul, Alex ôta ses chaussures et s'assit sur le lit. Il ne comprenait pas la raison de leur présence ici. Même si l'hélicoptère avait besoin du plein de carburant, rien ne les obligeait à passer la nuit à Paris. Pourquoi ne pas aller directement à Pointe Blanche ?

Il avait plus d'une heure à tuer avant le dîner. D'abord, il prit une douche dans la salle de bains tout en verre et marbre blanc. Ensuite, enveloppé dans une serviette, il revint dans la chambre et brancha la télévision. Alex Friend était supposé se gaver de télé. Parmi la trentaine de chaînes satellite dont disposait l'hôtel, MTV s'imposait d'office. Bien sûr, Alex n'avait pas l'esprit à regarder des clips musicaux. Il se demandait s'il était surveillé. Près du bureau, un large miroir occupait tout un pan de mur, derrière lequel pouvait aisément se dissimuler une caméra. Si c'était le cas, autant leur en donner pour leur argent. Il ouvrit le mini-bar, prit une petite bouteille de gin et la versa dans un verre. Puis il retourna dans la salle de bains, remplit d'eau la bouteille vide et la remit dans le réfrigérateur. Consommation d'alcool et vol ! Si elle l'espionnait, Mme Stellenbosh serait fixée sur son compte.

Il passa les quarante minutes suivantes à regarder la télévision et à faire semblant de boire du gin.

Puis il emporta son verre dans la salle de bains et versa le gin dans le lavabo. Il était temps de s'habiller. Devait-il obéir et enfiler des vêtements corrects ? Il opta pour un compromis : une chemise propre mais le même jean. Peu après, le téléphone sonna.

Mme Stellenbosh l'attendait au restaurant, une salle sans fenêtre située au sous-sol. Une lumière tamisée et des miroirs cherchaient à la rendre plus spacieuse, mais c'était le dernier endroit qu'Alex aurait choisi pour une soirée à Paris. Le restaurant aurait pu se trouver dans n'importe quel pays du monde. Hormis deux autres clients, apparemment des hommes d'affaires, ils étaient seuls. Mme Stellenbosh avait revêtu une robe du soir noire, avec un col orné de plumes, et un collier de perles noires et argent. Plus elle s'efforçait d'être élégante, plus elle était laide. Elle fumait un cigare.

— Ah, Alex, dit-elle en soufflant un rond de fumée. Tu t'es reposé ou tu as regardé la télévision ?

Alex ne répondit pas. Il s'assit et ouvrit le menu, puis il le referma en voyant qu'il était écrit en français.

— Laisse-moi choisir pour toi, suggéra Mme Stellenbosh. Un potage pour commencer, peut-être ? Et ensuite un steak. Je ne connais pas un seul garçon qui n'aime pas le steak.

— Mon cousin Oliver est végétarien, dit Alex,

se souvenant d'avoir lu ce détail dans un des dossiers de Sir David.

Mme Stellenbosh acquiesça comme si elle était au courant.

— Ton cousin ne sait pas ce qu'il perd. (Un serveur au visage pâle s'approcha de leur table et elle passa la commande.) Que veux-tu boire, Alex ?

— Un Coca.

— Quelle boisson répugnante. Je n'ai jamais pu m'habituer à ce goût. Mais si tu y tiens...

Le serveur apporta un Coca pour Alex et une coupe de champagne pour Mme Stellenbosh. Alex contempla les bulles pétiller dans les deux verres, l'un noir, l'autre or pâle.

— Santé, dit Mme Stellenbosh en français.

— Comment ?

— Oh, pardon. C'est ce que les Français disent quand ils trinquent.

— Ah.

Suivit un silence. Les yeux de Mme Stellenbosh ne le quittaient pas. Il avait l'impression qu'elle lisait en lui.

— Ainsi tu étais à Eton, reprit-elle d'un ton léger.

— Exact, répondit Alex, soudain sur ses gardes.

— Dans quel pavillon logeais-tu ?

— Hopgarden.

Alex connaissait bien sa leçon.

— J'ai visité le collège d'Eton, autrefois. Je me souviens d'une statue. Un roi, je crois. Juste après l'entrée principale...

Elle le testait. Alex en était certain. Soupçon ou simple précaution de routine ?

— Vous parlez de la statue de Henry VI, dans la grande cour. C'est le fondateur d'Eton.

— Tu ne t'y plaisais pas ?

— Non.

— Pourquoi ?

— Je détestais l'uniforme et je détestais les pro-tals. (Il prit soin de ne pas employer le mot *profs*. À Eton, on les appelait des protals. Il était assez content de lui. Si elle voulait des détails typiques, il allait lui en donner.) Je n'aimais pas non plus les règles. Les amendes infligées par le Pop. L'inscription sur le registre des retards. Je récoltais toujours des bulles, et j'avais des blèmes avec les surgés.

— Excuse-moi, mais je ne comprends pas grand-chose à ce que tu dis.

— Les protals, c'est les profs. Les bulles, c'est des zéros. Le Pop, c'est le club du collège. Les blèmes, c'est...

— D'accord, d'accord ! (Elle tira une bouffée de son cigare.) Est-ce la raison pour laquelle tu as mis le feu à la bibliothèque ?

— Non. C'est parce que je n'aime pas les bouquins.

Le premier plat fut servi. La soupe d'Alex était jaune et des choses bizarres flottaient à la surface. Il cueillit un objet non identifié avec sa cuiller et l'inspecta avec méfiance.

— Qu'est-ce que c'est ?

— Une soupe de moules, répondit-elle en français.

Il ouvrit des yeux ronds et elle traduisit.

— Ça te plaît ?

— Ce serait meilleur avec du ketchup.

Les steaks étaient cuits à la française, c'est-à-dire à peine grillés. Alex se força à avaler deux bouchées de viande sanguinolente, puis il posa ses couverts et mangea les frites avec les doigts. Mme Stellenbosh ne cessait de parler : des Alpes, du ski, de ses voyages dans les différentes villes d'Europe. Alex n'avait pas besoin de feindre l'ennui. Il s'ennuyait pour de bon. Et puis la fatigue commençait à le gagner. Il but une gorgée de Coca, espérant que ça le réveillerait. Le repas allait lui peser sur l'estomac toute la nuit.

Enfin le dessert arriva – crème glacée arrosée de sauce au chocolat. Alex refusa le café.

— Tu sembles épuisé, remarqua Mme Stellenbosh. (Elle avait allumé un autre cigare et la fumée qui flottait vers Alex l'étourdissait.) Tu veux monter te coucher ?

— Oui.

— Demain, nous ne partirons pas avant midi. Tu auras le temps de faire un tour au Louvre, si tu en as envie.

— La peinture me rase, dit Alex.

— Vraiment ? Quel dommage !

Alex se leva. Il renversa son verre par mégarde et le reste de Coca se répandit sur la nappe. Que lui arrivait-il ? Soudain il se sentait terriblement las.

— Tu veux que je te raccompagne, Alex ?

Elle l'examinait avec attention. Une lueur d'intérêt s'était allumée dans son regard terne.

— Non. Ça ira. Bonne nuit.

Monter au premier étage fut une épreuve. Il songea à prendre l'ascenseur mais l'idée de s'enfermer dans la petite cabine suffocante l'en dissuada. Il gravit les marches, l'épaule appuyée contre le mur, longea le couloir en trébuchant, et parvint après plusieurs tentatives à glisser la clé dans la serrure. Quand enfin la porte s'ouvrit, tout se mit à tourner autour de lui. Que lui arrivait-il ? Avait-il absorbé plus de gin qu'il n'en avait eu l'intention, ou bien... ?

Alex comprit brutalement. On l'avait drogué. Sans doute quelque chose dans le Coca. D'ailleurs il avait encore une amertume sur la langue. Trois pas seulement le séparaient du lit, mais ils lui parurent un kilomètre. Ses jambes ne lui obéissaient plus. Soulever un pied lui coûtait un effort immense. Il tomba en avant, les bras tendus, et parvint miraculeusement à se propulser assez loin. Le haut de son corps atteignit le lit et s'y enfonça. La pièce tournoyait de plus en plus vite autour de lui. Il voulut se relever, essaya de parler. En vain. Ses yeux se fermèrent. Soulagé, il laissa l'obscurité l'engloutir.

Trente minutes plus tard, il y eut un léger déclic et la pièce commença à changer.

Si Alex avait pu ouvrir les yeux, il aurait vu le bureau, le mini-bar et les gravures de Paris monter avec le mur. Du moins c'est ce qu'il lui aurait semblé. En vérité les murs ne bougeaient pas. C'était le plancher qui s'enfonçait, grâce à un système hydraulique. La chambre tout entière n'était rien d'autre qu'un immense monte-charge qui descendait, centimètre par centimètre, dans le sous-sol. Tout ce qui était sur les murs de la chambre ou fixé contre eux, tel que les gravures, les appliques ou le mini-bar, était resté en haut. Le monte-charge, activé par quatre pistons d'acier, plongeait lentement dans une sorte de puits aux parois métalliques, vers les profondeurs de l'hôtel. Tout à coup, une lumière crue éclata. Il y eut un autre déclic léger. Alex était arrivé.

Le lit reposait maintenant au milieu d'une clinique souterraine étincelante. Un équipement scientifique le cernait de toutes parts. Plusieurs appareils de prises de vue – numériques, vidéo, à infrarouge et rayons X. Des instruments de toutes les formes et de toutes les tailles, pour la plupart non identifiables.

Un réseau de fils électriques reliait chaque machine à une rangée d'ordinateurs qui bourdonnaient et scintillaient sur une longue table collée contre l'un des murs. Dans le mur opposé, il y avait un rectangle vitré. La pièce était climatisée. Si Alex avait été éveillé, il aurait frissonné de froid. Son souffle formait un nuage blanc autour de sa bouche.

Un homme replet, en blouse blanche, l'attendait. Quarante ans environ, des cheveux blond filasse plaqués en arrière, un visage prématurément affaissé, avec des joues boursouflées et un cou épais et gras. Il portait des lunettes et une petite moustache. Deux assistants au visage inexpressif, eux aussi en blouse blanche, le secondaient.

Les trois hommes se mirent aussitôt au travail. Maniant Alex comme un sac de pommes de terre – ou un cadavre –, ils le soulevèrent et le déshabillèrent entièrement. Ensuite ils entreprirent de le photographier, d'abord avec un appareil classique. Commençant par les orteils, ils remontèrent peu à peu, et prirent une bonne centaine de clichés. Le flash crépitait et la pellicule se déroulait automatiquement. Pas un centimètre de son corps n'échappa à leur exploration. Ils coupèrent une mèche de ses cheveux et la glissèrent dans un sachet en plastique. Un ophtalmoscope leur fournit une image parfaite de son fond d'œil. Ils firent une empreinte de sa dentition à l'aide d'un tampon de mastic inséré dans sa bouche. Ils notèrent la tache de naissance sur son épaule gauche, la cicatrice sur son bras, ses ongles rongés, et relevèrent ses empreintes.

Enfin, ils le pesèrent sur une grande balance plate et prirent ses mesures : taille, tour de poitrine, tour de taille, longueur des jambes, des mains, etc., inscrivant scrupuleusement les résultats sur des fiches.

Mme Stellenbosh assista à toute l'opération, depuis son poste d'observation derrière la vitre. Elle ne bougeait pas. Le seul signe de vie sur son visage était le bout rougeoyant du cigare fiché entre ses lèvres, d'où s'élevait une mince volute de fumée.

Les trois hommes avaient terminé. Le gros aux cheveux jaunes parla dans un micro :

— Nous avons fini.

— Quel est votre avis, monsieur Baxter ?

La voix de Mme Stellenbosh bourdonna dans un haut-parleur invisible.

— C'est du gâteau, répondit le dénommé Baxter avec un accent anglais distingué. Il était visiblement satisfait de lui.

— Bonne structure osseuse. Forme physique excellente. Visage intéressant. Vous avez remarqué l'oreille percée ? C'est récent. Rien d'autre à signaler.

— Quand pourrez-vous opérer ?

— Quand vous le déciderez. Il vous suffira de me prévenir.

Mme Stellenbosh regarda les deux assistants et lança en français d'un ton cassant :

— Rhabillez-le !

Les deux hommes s'exécutèrent. Cela leur prit plus longtemps que de le dévêtir, car ils en profitèrent pour noter toutes les marques de ses vêtements. Une fois Alex rhabillé, ils en savaient autant sur lui qu'un médecin sur un nouveau-né. Tout avait été soigneusement consigné dans un dossier.

M. Baxter s'approcha d'un tableau de commandes et appuya sur un bouton. Aussitôt, le lit – avec Alex –, le tapis et divers éléments de mobilier de la chambre d'hôtel commencèrent à s'élever. Le monte-charge disparut dans les hauteurs. Alex dormait encore quand il réintégra le décor de ce qu'il croyait être la chambre 13.

Rien ne trahissait ce qui s'était passé. Tout s'était évaporé, aussi vite qu'un rêve.

9

« Mon nom est Grief »

Le manoir de Pointe Blanche avait été conçu par un fou. C'est peut-être ce qui avait incité à le transformer en asile d'aliénés pendant quelque temps ! L'hélicoptère amorça sa descente vers la plateforme rouge et blanc. La photo de la brochure avait été habilement prise. De près, la bâtisse ressemblait réellement à ce qu'elle était. Une folie.

C'était un amoncellement de tours et de créneaux, de toits verts abrupts et de fenêtres de toutes les formes et de toutes les tailles. Rien ne s'harmonisait. La structure était relativement simple : un noyau central circulaire avec deux ailes. Toutefois une aile était plus longue que l'autre, et l'ensemble était disparate. Il y avait quatre étages, mais l'espacement des fenêtres était tel qu'il était difficile de savoir où finissait l'un et où commençait le suivant. La cour intérieure n'était pas tout à fait carrée, et dotée d'une fontaine apparemment gelée. La plate-forme d'hélicoptère elle-même était horriblement biscornue, comme si un vaisseau spatial avait fracassé la muraille pour s'y loger.

Mme Stellenbosh éteignit le moteur.

— Je vais te conduire chez le directeur, cria-t-elle pour couvrir le bruit des rotors. On t'apportera tes bagages plus tard.

Il faisait froid. La neige qui recouvrait la montagne n'avait pas encore fondu et tout était blanc à perte de vue.

La bâtisse était construite sur une pente escarpée. Un peu plus bas, Alex aperçut une longue langue métallique qui saillait au-dessus du flanc de la montagne. C'était une piste de saut à skis, comme on en voit aux Jeux olympiques. L'extrémité du tremplin s'incurvait, à cinquante mètres au moins au-dessus du sol. Tout en bas, on distinguait un espace plat en forme de fer à cheval, où les skieurs étaient supposés atterrir.

Alex essaya d'imaginer la sensation que cela procurait de se propulser dans le vide, avec deux skis pour amortir sa chute. Mme Stellenbosh lui saisit le bras et dit :

— Nous ne l'utilisons pas. C'est interdit. Viens, ne restons pas dans ce froid.

Ils franchirent une porte dans l'une des tours et descendirent un escalier en colimaçon, dont chaque marche avait une hauteur différente. Au rez-de-chaussée, ils débouchèrent dans un couloir étroit, doté d'une foule de portes mais d'aucune fenêtre.

— Ce sont les salles de classe, l'informa Mme Stellenbosh. Tu les verras plus tard.

Alex la suivit dans le manoir étrangement silencieux. Le chauffage central fonctionnait à plein régime et il régnait une atmosphère étouffante. Ils s'arrêtèrent devant une large porte vitrée qui donnait dans la cour intérieure qu'Alex avait vue d'en haut. Ils ressortirent dans le froid glacial et passèrent devant la fontaine gelée. Un mouvement attira son attention. Il leva les yeux et vit une chose qu'il n'avait pas remarquée auparavant. Une sentinelle montait la garde sur une des tours. L'homme avait une paire de jumelles autour du cou et une mitraillette.

Des gardes armés ? Dans une école ? Alex était là depuis quelques minutes à peine que déjà il était déconcerté.

— Par ici, indiqua Mme Stellenbosh.

Elle ouvrit une autre porte et il se retrouva dans le hall de réception de l'école. Un feu de bois crépitait dans une imposante cheminée, avec deux dragons de pierre encadrant les flammes. Un grand escalier s'élevait vers les étages supérieurs. Le hall était éclairé par un lustre d'au moins cent ampoules. Le tapis était épais, d'un rouge sombre. Une dizaine de paires d'yeux suivirent Alex quand il emboîta le pas de Mme Stellenbosh vers un second couloir : les murs étaient ornés de têtes d'animaux empaillés. Un rhinocéros, une antilope, un buffle et, plus triste encore, un lion. Qui les avait tués ?

Ils parvinrent devant une porte isolée. Sans doute la fin du voyage. Jusqu'à présent, Alex n'avait croisé personne, mais en regardant par la fenêtre il aperçut deux autres gardes armés qui faisaient lentement leur ronde.

Mme Stellenbosh frappa à la porte.

— Entrez !

Dans ce seul mot, Alex perçut l'accent sud-africain.

Ils entrèrent dans une pièce immense et insolite. Comme tout le reste, elle avait une forme biscornue ; aucun des murs n'était parallèle. Elle mesurait près de sept mètres de hauteur. Les fenêtres qui couraient sur toute la longueur offraient une vue impressionnante sur les pentes. La décoration était moderne, avec un éclairage doux, dissimulé dans les cloisons. Les meubles étaient très laids, mais pas aussi laids que les têtes d'animaux empaillées accrochées aux murs, et la peau de zèbre sur le parquet de bois. Trois fauteuils entouraient une petite cheminée. L'un d'eux était ancien, en bois doré. Un homme y était assis. Il tourna la tête à leur entrée.

— Bonjour, Alex. Je t'en prie, viens t'asseoir.

Alex approcha d'un pas nonchalant et s'assit. Mme Stellenbosh prit place dans le troisième fauteuil.

— Mon nom est Grief, poursuivit l'homme. Dr Grief. Je suis ravi de te connaître et de t'accueillir ici.

Alex dévisagea le directeur de Pointe Blanche, sa peau blanche comme du papier et les yeux incandescents derrière les lunettes rouges. Il avait l'impression de se trouver devant un squelette. Pendant un instant, il demeura sans voix, puis il se ressaisit.

— Bel endroit, dit-il.

— Tu trouves ? (Aucune émotion ne perçait dans la voix de Grief. Jusqu'ici, seul son cou avait bougé.) Le manoir a été conçu en 1857 par un Français qui était probablement le plus mauvais architecte du monde. C'est son unique réalisation. Il a mystérieusement disparu juste après. Le propriétaire n'était peut-être pas satisfait de ses services.

— J'ai remarqué plusieurs hommes armés, dit

Alex en apercevant deux autres gardes passer dehors.

— Pointe Blanche est un lieu exceptionnel, expliqua le Dr Grief. Ainsi que tu le découvriras bientôt, tous les garçons que l'on nous confie sont issus de familles riches et influentes. Nous recevons des fils de gouvernants et d'industriels. Par conséquent nous sommes une cible pour des terroristes. Les gardes sont là pour votre protection à tous.

— C'est très attentionné de votre part. (En disant cela, Alex se rendit compte qu'il était beaucoup trop poli. Il était temps de montrer quel genre de garçon il était.) Mais pour être franc, je ne tiens pas du tout à être ici. Alors indiquez-moi le chemin pour descendre en ville, et je rentrerai chez moi par le premier train.

— Il n'y a pas de route pour descendre en ville, répondit le Dr Grief en levant une main pour dissuader Alex de l'interrompre.

Alex observa ses longs doigts squelettiques et ses yeux qui rougeoyaient derrière les lunettes. Grief se mouvait comme si chaque os de sa carcasse avait été brisé et remis en place. Il paraissait à la fois jeune et vieux, et pas tout à fait humain.

— La saison est terminée, reprit le directeur. C'est trop dangereux de partir à skis maintenant. Il n'y a que l'hélicoptère, et il ne t'emmènera hors d'ici que lorsque je le déciderai. Tu es à Pointe

Blanche parce que tu as déçu tes parents, Alex. Tu t'es fait renvoyer d'Eton. Tu as eu des ennuis avec la police...

— Fichez-moi la paix ! Ce n'était pas ma faute ! protesta Alex.

— N'interromps pas le docteur ! intervint Mme Stellenbosh.

Alex lui jeta un regard mauvais.

— Tu as une tenue et un langage déplorables, continua le Dr Grief. Notre travail consiste à faire de toi un garçon dont tes parents seront fiers.

— Je suis très heureux comme je suis.

— Ton opinion est sans importance.

Le Dr Grief se tut.

Alex frissonna. Quelque chose dans cette pièce, si grande, si vide, si disproportionnée, le mettait mal à l'aise.

— Alors qu'allez-vous faire de moi ? demanda Alex.

— D'abord tu suivras des cours, intervint Mme Stellenbosh. Pendant les deux semaines à venir, nous voulons que tu t'intègres.

— Ce qui veut dire ?

— S'intégrer. S'assimiler. Se conformer... s'adapter... se calquer. (On aurait pu croire qu'elle lisait un dictionnaire.) Nous avons actuellement six pensionnaires. Tu les rencontreras et passeras du temps avec eux. Tu feras du sport, tu participeras à des activités communes. Nous avons une excellente bibliothèque et tu pourras lire. Tu apprendras vite nos méthodes.

— Je veux appeler mes parents.

— L'utilisation du téléphone est interdite, trancha Mme Stellenbosh. (Elle voulut lui adresser un sourire amical, mais, avec un visage comme le sien, c'était un exploit impossible.) Cela déprime nos pensionnaires. Bien entendu tu pourras écrire.

— Je préfère le courrier électronique.

— Les ordinateurs personnels sont également interdits.

Alex haussa les épaules et jura à voix basse. Le Dr Grief s'en aperçut.

— Tu dois te montrer poli à l'égard de la directrice adjointe ! lança-t-il d'un ton cassant, sans élever la voix. Mme Stellenbosh travaille à mes côtés depuis vingt-six ans. Quand je l'ai rencontrée, elle avait été élue Miss Afrique du Sud cinq fois de suite.

— Un concours de beauté ? ironisa Alex en contemplant le visage de singe de l'intéressée.

— Le championnat d'haltérophilie, dit le Dr Grief en jetant un regard à la cheminée. Montrez-lui, madame Stellenbosh.

Celle-ci se leva et s'approcha de la cheminée. Un tisonnier reposait dans l'âtre. Elle le saisit à deux mains. Pendant quelques instants, elle sembla se concentrer. Alex retint son souffle. Le tisonnier de fer, d'au moins deux centimètres d'épaisseur, se tordit lentement et prit la forme d'un U. Mme Stellenbosh ne transpirait même pas. Elle fit se toucher les deux extrémités, puis jeta le tisonnier dans la cheminée, où il tinta contre la pierre.

— Nous imposons une discipline très stricte, reprit le Dr Grief. Coucher à dix heures précises. Langage correct exigé. Aucun contact avec l'extérieur sans autorisation. Interdiction de sortir. Obéissance absolue et immédiate aux ordres. Et enfin, ajouta le Dr Grief en se penchant vers Alex, interdiction de pénétrer dans certaines parties du manoir. (Il esquissa un geste de la main et, pour la première fois, Alex remarqua une deuxième porte au bout de la pièce.) Mes appartements privés sont par là. Les élèves n'ont droit qu'au rez-de-chaussée et au premier étage. C'est là que se trouvent les chambres et les salles de classe. Les deuxième et troisième étages sont interdits. Ainsi que le sous-sol. Là encore, c'est une question de sécurité.

— Vous craignez qu'on trébuche dans les escaliers ?

Le Dr Grief ignora son persiflage.

— Tu peux disposer, Alex.

— Attends derrière la porte, dit Mme Stellenbosh. Quelqu'un va venir te chercher.

Alex se leva.

— Nous ferons de toi ce que veulent tes parents, assura le Dr Grief.

— Peut-être qu'ils ne veulent tout simplement pas de moi.

— Nous pouvons arranger cela aussi.

Alex sortit.

— Un garçon désagréable... quelques jours... plus rapide que d'habitude... le projet Gemini... fermeture définitive...

Si la porte n'avait pas été si épaisse, Alex aurait pu en entendre davantage. À peine sorti, il avait plaqué l'oreille contre le trou de la serrure, espérant surprendre quelques informations utiles. Dès qu'ils furent seuls, le Dr Grief et Mme Stellenbosh engagèrent une conversation animée, mais Alex entendit peu de chose et en comprit moins encore.

Une main s'abattit sur son épaule et le fit pivoter sans ménagements. Ce qui le vexa horriblement. Un soi-disant espion surpris en train d'écouter aux portes ! Mais ce n'était pas un des gardes. Alex se trouva nez à nez avec un garçon au visage rond, avec de longs cheveux noirs, des yeux sombres et un teint pâle. Il portait un vieux T-shirt à l'effigie de *La Guerre des étoiles*, un jean déchiré et une casquette de base-ball. Il avait dû récemment se trouver mêlé à une bagarre et n'en était pas sorti indemne : il avait un œil au beurre noir et une coupure à la lèvre.

— Ils te tireront dessus s'ils te surprennent à les espionner, dit le garçon en lui jetant un regard hostile. Visiblement, il se méfiait de tout le monde. Je m'appelle James Sprintz. On m'a dit de te faire visiter les lieux.

— Alex Friend.

— Pourquoi t'a-t-on envoyé dans ce trou ? demanda James en le guidant dans le couloir.

— Je me suis fait renvoyer d'Eton.

— Et moi d'un collège de Düsseldorf. Je pensais que c'était une aubaine, jusqu'à ce que mon père décide de m'expédier ici.

— Que fait ton père ?

— Il est banquier. Il s'occupe des marchés monétaires. Il adore l'argent et en a énormément.

La voix de James était neutre, impassible.

— Dieter Sprintz ?

Alex connaissait ce nom. Il avait fait le titre de tous les journaux anglais quelques années plus tôt. L'Homme-aux-cent-millions-de-dollars. Il les avait gagnés en vingt-quatre heures. Au même moment, la livre sterling s'était effondrée et le gouvernement britannique avait failli tomber.

— Oui, Dieter Sprintz, confirma James. Ne me demande pas de te montrer une photo de lui, car je n'en ai pas. Viens, c'est par ici.

Ils étaient arrivés dans le grand hall, avec la cheminée aux dragons. James lui montra la salle à manger : une longue pièce très haute de plafond, avec six tables et un passe-plat donnant sur les cuisines. Puis les deux salons, la salle de jeux et la bibliothèque. Le pensionnat ressemblait à un hôtel de luxe dans une station de sports d'hiver, et pas seulement à cause de son site. Il régnait une sorte de pesanteur, l'impression d'être coupé du monde. Il faisait chaud, tout était silencieux. Malgré la grandeur des pièces, Alex ne pouvait réprimer une sensation de claustrophobie. Si Pointe Blanche avait réellement été un hôtel, il n'aurait guère eu de succès auprès de la clientèle. Grief avait dit que six pensionnaires y résidaient. Or, le manoir pouvait en accueillir soixante. Le vide était impressionnant.

Il n'y avait personne dans les salons, hormis toute une collection de fauteuils, de bureaux et de tables, mais deux garçons étudiaient dans la bibliothèque. C'était une longue salle étroite, meublée de vieux rayonnages de chêne, avec des livres écrits en différentes langues. Une armure médiévale suisse occupait une alcôve, à l'extrémité.

— Voici Tom et Hugo, dit James. Ils font probablement des devoirs de maths. Mieux vaut ne pas les déranger.

Les deux garçons leur jetèrent un coup d'œil et esquissèrent un léger signe de tête. L'un d'eux lisait un manuel scolaire. L'autre écrivait. Ils étaient nettement plus élégamment vêtus que James et n'avaient pas l'air très sympathique.

— Des vendus, grommela James.

— Pourquoi ?

— Quand on m'a parlé de Pointe Blanche, on m'a expliqué que tous les pensionnaires étaient des garçons à problèmes. Je pensais que ça allait chauffer. Tu as une cigarette ?

— Je ne fume pas.

— Génial. En arrivant ici, j'ai eu l'impression de débarquer dans un musée, un monastère ou... je ne sais pas quoi. Grief est drôlement efficace. Tout le monde est calme, studieux, et ennuyeux. On dirait qu'on leur a aspiré la cervelle avec une paille. Il y a deux jours, je me suis bagarré avec deux gars, juste pour le plaisir. (Il montra son visage.) Ils m'ont tabassé et sont retournés à leurs chères études. Des raseurs de première !

Ils entrèrent dans la salle de jeux, équipée d'une table de ping-pong, d'un jeu de fléchettes, d'une télévision et d'un billard américain.

— N'essaie pas de jouer au billard, l'avertit James. Le plancher est de travers et toutes les boules roulent d'un côté.

Ensuite ils montèrent à l'étage, où se trouvaient les chambres. Chacune contenait un lit, un fauteuil, une télévision (« On ne voit que les programmes autorisés par le Dr Grief », précisa James), un placard et un bureau. Il y avait une petite salle de bains contiguë, munie d'une douche et de toilettes. Ni clé ni verrou sur la porte.

— On n'a pas le droit de s'enfermer, expliqua James. De toute façon, on est tous coincés ici et personne n'aurait l'idée de voler quoi que ce soit. Avant de débarquer ici, Hugo Vries, que tu as vu à la bibliothèque, piquait tout ce qui lui tombait sous la main. Il a été arrêté pour vol à l'étalage, à Amsterdam.

— Il ne le fait plus ?

— Encore une réussite de la maison. Il retourne chez lui la semaine prochaine. Son père possède des mines de diamant. Pourquoi s'amuser à voler quand on peut tout se payer ?

La chambre d'Alex était à l'extrémité du couloir. La fenêtre donnait sur la piste de saut. Ses bagages l'attendaient sur le lit. La pièce était très dépouillée mais, selon James, leur chambre était le seul endroit que les pensionnaires avaient le droit de décorer eux-mêmes. On pouvait choisir sa housse de couette et couvrir les murs de ses propres affiches.

— Grief dit qu'il est important pour chacun de s'exprimer, ironisa James. Si tu n'as rien apporté, Mme Salevache te conduira à Grenoble.

— Mme Salevache ?

148

— Stellenbosh. C'est le surnom que je lui ai donné.

— Et les autres, ils l'appellent comment ?

— Mme Stellenbosh, évidemment. (James s'arrêta près de la porte.) Pointe Blanche est un endroit vraiment spécial, Alex. J'ai connu des tas d'écoles, parce que j'ai été renvoyé de partout, mais ici c'est l'enfer. Je suis là depuis six semaines et je n'ai presque pas eu de cours. Il y a des soirées musicales, des soirées de discussion. Ils essaient de me faire lire. Mais, en dehors de ça, je suis livré à moi-même.

— Ils veulent que tu t'intègres, dit Alex en se souvenant des paroles du Dr Grief.

— Oui, c'est leur mot d'ordre. Mais ce qu'ils appellent une école ressemble plutôt à une prison. Tu as vu les gardes ?

— Ils sont là pour nous protéger, paraît-il.

— Si tu crois ça, tu es plus idiot que je ne le pensais. Réfléchis un peu ! Ils sont une trentaine. Trente gardes armés pour sept pensionnaires. Ce n'est pas de la protection, c'est de l'intimidation. (James examina Alex un instant, puis reprit :) Ce serait sympa d'avoir enfin quelqu'un à qui me fier.

— Tu peux.

— Oui, mais pour combien de temps ?

James s'en alla et referma la porte derrière lui.

Alex commença à déballer ses affaires. La com-

binaison de ski pare-balles et les lunettes à infrarouge se trouvaient sur le dessus de la première
valise. Apparemment, il n'en aurait pas besoin. Il
n'avait même pas de skis. Venait ensuite le baladeur
CD portable. Il se rappela les instructions de Smithers : « En cas d'ennuis sérieux, presser trois fois
le bouton. » Alex était presque tenté de le faire tout
de suite. Il y avait vraiment quelque chose d'angois-
sant dans cette école. Même maintenant, dans sa
chambre, il se sentait oppressé. Il se faisait l'effet
d'un poisson dans un bocal. Il s'attendait presque
à voir, planant au-dessus de lui, deux grands yeux
cachés derrière des lunettes rouges. Il soupesa le
baladeur CD et refréna son envie de l'actionner.
Trop tôt. Il n'avait encore aucun renseignement à
transmettre au MI 6. Aucune preuve d'un lien entre
Pointe Blanche et les deux morts de New York et
de la mer Noire.

Néanmoins, s'il en existait une, il savait où la
trouver. Pourquoi deux étages du manoir étaient-
ils interdits d'accès ? Même si les gardes logeaient
là-haut, il devait rester une foule de pièces vides. Et
si quelque chose de louche se tramait à Pointe
Blanche, c'était forcément dans les étages supérieurs.

Une cloche retentit au rez-de-chaussée. Alex
ferma sa valise et quitta sa chambre. Deux garçons
le précédaient dans le couloir, bavardant à voix

basse. Eux aussi étaient propres et bien habillés, avec des cheveux coupés court et bien coiffés. Des raseurs, avait décrété James. À première vue, Alex lui donna raison.

Il atteignit le premier escalier. Les deux garçons étaient déjà descendus. Alex jeta un coup d'œil dans leur direction, puis, au lieu de les suivre, monta les marches. L'escalier tournait, puis s'arrêtait devant une paroi de fer qui allait jusqu'au plafond. Impossible de voir quoi que ce soit. Le mur avait été construit récemment, tout comme la plateforme d'hélicoptère. Quelqu'un avait soigneusement et délibérément coupé la bâtisse en deux.

Une porte avait été percée dans la paroi métallique, avec un système de verrouillage à clavier qui nécessitait un code. Alex posa la main sur la poignée. Il ne s'attendait pas à ce qu'elle s'ouvre, mais il ne s'attendait pas non plus à ce qui se produisit ensuite. Dès que ses doigts entrèrent en contact avec la poignée, une alarme se déclencha et le hurlement strident d'une sirène résonna dans tout le manoir. Quelques secondes plus tard, des pas rapides gravirent l'escalier et il se retrouva devant deux gardes qui pointaient leur arme sur lui.

Aucun d'eux ne prononça un mot. Le premier pianota un numéro de code sur le clavier à neuf chiffres de la porte. L'alarme s'arrêta. Arriva ensuite Mme Stellenbosh.

— Alex ! s'exclama-t-elle, le regard soupçonneux. Que fais-tu ici ? Le directeur t'a pourtant précisé que les étages supérieurs étaient interdits.

— Ouais... bon, j'ai oublié, grommela Alex en la regardant droit dans les yeux. J'ai entendu la cloche et je voulais aller à la salle à manger.

— La salle à manger est en bas.

— D'accord.

Alex passa devant les deux gardes, qui s'écartèrent. Il sentit le regard de Mme Stellenbosh dans son dos. Des portes blindées, des alarmes, des gardes avec des mitraillettes. Que cachaient-ils ? Puis autre chose lui revint en mémoire. « Projet Gemini. » C'étaient les mots qu'avait prononcés le Dr Grief.

Gemini. Gémeaux. L'un des douze signes astraux.

De quoi s'agissait-il ?

Tout en retournant cette question dans sa tête, Alex descendit rejoindre les autres pensionnaires.

10

Cliquetis dans la nuit

À la fin de sa première semaine à Pointe Blanche, Alex dressa une liste des six autres pensionnaires. C'était le milieu de l'après-midi et il était seul dans sa chambre, un bloc-notes devant lui. Il lui avait fallu une demi-heure pour rassembler les informations qu'il possédait sur chacun. Il regrettait de ne pas en avoir davantage.

Hugo Vries (14 ans). Hollandais, vit à Amsterdam. Cheveux bruns, yeux verts. Prénom du père : Rudi, propriétaire de mines de diamants. Parle peu l'anglais. Lit et joue de la guitare. Très solitaire. Envoyé à P.B. parce qu'il volait.

Tom McMorin (14 ans). Canadien, de Vancouver. Parents divorcés. Mère dirige un empire de presse (journaux, télé). Cheveux roux, yeux bleus. Athlétique, joueur d'échecs. Vol de voiture et conduite en état d'ivresse.

Nicolas Marc (14 ans). Français (Bordeaux ?). Renvoyé d'une école privée de Paris. Motif inconnu (alcool ?). Cheveux bruns, yeux bruns. Très bon en sport, mais déteste perdre. Tatouage sur l'épaule gauche. Père : Anthony Marc. Compagnies aériennes, labels pop music, hôtels. Ne parle jamais de sa mère.

Cassian James (14 ans). Américain. Cheveux clairs, yeux bruns. Mère : Jill, directrice de studio de cinéma à Hollywood. Parents divorcés. Parle fort, jure beaucoup, joue du piano jazz. Renvoyé de trois écoles. Arrêté pour usage de drogue. Envoyé à P.B. après une arrestation pour trafic de drogue, mais refuse d'en parler. Un des deux élèves qui ont tabassé James Sprintz. Plus fort qu'il ne paraît

James Sprintz (14 ans). Allemand, vit à Düsseldorf. Cheveux bruns, yeux clairs. Père : Dieter Sprintz, banquier et financier connu (l'Homme-aux-cent-millions-de-dollars). Mère habite en Angleterre. Expulsé de son école pour avoir menacé un prof avec un pistolet à air comprimé. Mon seul ami à P.B. ! Et le seul qui déteste vraiment cet endroit.

> *Joe Canterbury (14 ans). Américain. Passe beaucoup de temps avec James Cassian (l'a aidé à tabasser James Sprintz). Cheveux bruns, yeux bleus. Mère (prénom inconnu) sénateur de New York. Père : poste important au Pentagone. Vandalisme, escroquerie, vol à l'étalage. Envoyé à P.B. après avoir volé et accidenté une voiture. Végétarien. Mange du chewing-gum en permanence. A peut-être arrêté de fumer ?*

Étendu sur son lit, Alex étudia la liste. Que lui apprenait-elle ? Pas grand-chose.

Tout d'abord, les garçons avaient exactement le même âge : quatorze ans. Au moins trois d'entre eux, peut-être quatre, avaient des parents divorcés ou séparés. Tous étaient issus de familles riches. Blunt le lui avait indiqué, mais Alex était étonné de la diversité des milieux professionnels et des pays d'origine. Compagnies aériennes, diamants, politique, cinéma, finance. France, Allemagne, Pays-Bas, Canada et Amérique. Tous les parents étaient au sommet de leur profession. Lui-même était supposé être le fils d'un roi des supermarchés. L'alimentation, donc. Autre domaine économique qui s'ajoutait à l'inventaire.

Deux garçons au moins avaient été arrêtés pour vol à l'étalage. Deux avaient été impliqués dans une histoire de drogue. Cependant Alex savait que la liste cachait plus qu'elle ne révélait. À l'exception de James Sprintz, il était difficile de déterminer ce qui différenciait les pensionnaires de Pointe Blanche. D'une certaine manière, ils se ressemblaient tous.

La couleur des yeux et des cheveux variait, les vêtements n'étaient pas les mêmes, les visages n'avaient rien de commun – Tom était beau et sûr de lui, Joe banal et renfermé. Et, bien entendu, non seulement leur voix mais leur langue maternelle étaient différentes. Pourtant on aurait dit qu'ils avaient la même façon de penser. James avait ironisé en disant qu'on leur avait aspiré la cervelle avec une paille. Il avait raison. Ils étaient devenus des marionnettes au bout du même fil.

La cloche retentit. Alex regarda sa montre : treize heures pile. L'heure du déjeuner. C'était une des autres caractéristiques de Pointe Blanche : chaque chose y était exécutée à la minute précise. Les cours se déroulaient de neuf à douze heures. Le déjeuner de treize à quatorze heures. Et ainsi de suite. James mettait un point d'honneur à arriver systématiquement en retard, et Alex avait décidé de l'imiter. C'était une rébellion dérisoire, mais satisfaisante. Elle avait au moins le mérite de montrer qu'ils conservaient un minimum de contrôle sur leur vie. Les autres élèves, évidemment, étaient réglés comme des horloges. En ce moment, ils devaient déjà être attablés dans la salle à manger.

Alex roula sur son lit pour prendre un stylo. Sous les noms du bloc-notes, il inscrivit trois mots :

> *Lavage de cerveau ?*

Peut-être était-ce l'explication. Selon James, les autres garçons étaient arrivés à Pointe Blanche deux mois avant lui, qui s'y trouvait depuis six semaines. Cela faisait donc, pour les premiers arrivants, quatorze semaines au total, et Alex savait parfaitement qu'on ne transforme pas un groupe de délinquants en élèves parfaits, en leur donnant seulement des livres à lire. Le Dr Grief avait une recette très personnelle. Une drogue ? L'hypnose ?

Alex attendit cinq minutes de plus, puis cacha le bloc-notes sous son matelas et quitta sa chambre. Il aurait aimé pouvoir fermer à clé. Il n'y avait aucune intimité à Pointe Blanche. Même les salles de bains n'avaient pas de verrou. Alex ne pouvait chasser l'impression que tout ce qu'il faisait, et même tout ce qu'il pensait, était enregistré et consigné. Preuves qui seraient ensuite retenues contre lui.

Il était treize heures dix lorsqu'il entra dans la salle à manger. Comme il fallait s'y attendre, les autres garçons étaient à leur place et avaient commencé leur repas. Ils bavardaient tranquillement. Nicolas et Cassian étaient à une table, Hugo, Tom et Joe à une autre. Personne ne posait les coudes sur la table, personne ne s'amusait à lancer des petits pois. Tom parlait d'une visite dans un musée de Grenoble. Alex était là depuis quelques secondes et déjà il avait l'appétit coupé.

James était descendu juste après lui et se tenait devant le passe-plat. La plupart des repas arrivaient pré-cuisinés, et l'un des gardes n'avait plus qu'à les réchauffer. Aujourd'hui, il y avait du ragoût au menu. Alex apporta son plateau près de James, à leur table attitrée. Ils étaient devenus amis tout naturellement. Les autres les ignoraient.

— Tu veux sortir, après le déjeuner ? proposa James.

— Oui. Pourquoi pas ?

— Il y a un truc dont je voudrais te parler.

Alex jeta un regard aux autres garçons par-dessus l'épaule de James. Tom, au bout de la table, tendait la main vers une carafe d'eau. Il était habillé d'un jean et d'un polo en jersey. À côté de lui se tenait Joe Canterbury, l'Américain. Celui-ci discutait avec Hugo, en agitant un doigt pour souligner ce qu'il disait. Où Alex avait-il déjà remarqué ce mouvement du doigt ? Cassian était juste derrière eux, avec son visage rond et ses cheveux brun clair. Il riait d'une plaisanterie.

Différents mais semblables. Alex les observa attentivement en essayant de comprendre ce que cela signifiait.

Tout était dans les détails, ces petites choses que l'on remarquait seulement quand on les voyait tous ensemble, comme maintenant. Leur façon de s'asseoir avec le dos bien droit et les coudes collés au corps. Leur manière de tenir leur couteau et leur fourchette. Hugo se mit à rire et Alex s'aperçut que, en riant, il était le sosie de Cassian. Le rire était le même. Il regarda Joe mâcher une bouchée, puis Nicolas. Ces deux garçons étaient très différents, il n'y avait aucun doute. Et pourtant ils mangeaient de la même façon, comme s'ils s'imitaient mutuellement.

Il y eut un mouvement du côté de la porte et Mme Stellenbosh apparut.

— Bonjour, jeunes gens.

— Bonjour, madame Stellenbosh, répondirent cinq personnes d'une même voix.

Alex et James restèrent silencieux.

— Cet après-midi, les cours commenceront à trois heures. Latin et français.

Les cours étaient assurés par le Dr Grief et Mme Stellenbosh. Ils étaient les seuls professeurs de Pointe Blanche. Alex n'avait encore assisté à aucun. Quant à James, il entrait ou sortait de la classe selon son humeur.

— Ce soir, il y aura un débat dans la bibliothèque, poursuivit Mme Stellenbosh. Le sujet en sera : « La violence au cinéma et à la télévision ». Tom McMorin se chargera de l'introduction. Ensuite nous servirons du chocolat chaud et le Dr Grief vous fera un exposé sur l'œuvre de Mozart. Vous y êtes tous conviés.

James se fourra l'index dans le fond de la gorge et fit semblant de vomir. Alex sourit. Les autres écoutaient docilement.

— Le Dr Grief aimerait aussi féliciter Cassian James d'avoir remporté le concours de poésie. Son poème est épinglé sur le tableau d'information dans le grand hall. Voilà, c'est tout.

Elle tourna les talons et s'en alla. James leva les yeux au ciel.

— Sortons respirer un peu d'air frais. Je me sens mal.

Ils montèrent chercher leurs anoraks. James occupait la chambre voisine d'Alex et avait fait de son mieux pour la personnaliser. Il y avait des affiches de vieux films de science-fiction aux murs, et un mobile représentant le système solaire suspendu au-dessus du lit. Sur la table de chevet, était posée une lampe à lave, contenant un liquide orange qui flottait et tournoyait. Des vêtements étaient éparpillés partout. James ne se donnait pas la peine de les suspendre. Il parvint à dénicher une écharpe et un seul gant.

— Allons-y ! dit-il.

Ils redescendirent et passèrent devant la salle de jeux. Nicolas et Cassian jouaient au ping-pong. Alex s'arrêta pour les observer. La petite balle qui rebondissait d'un côté et de l'autre l'hypnotisait. Il resta là près d'une minute. Kiklonk, kiklonk, kiklonk, kiklonk. Aucun des joueurs ne se démarquait de l'autre. Là encore, ils étaient différents et semblables. Leur façon de jouer, leur style étaient identiques. S'il n'y en avait eu qu'un seul jouant devant un miroir, le résultat aurait été le même. Alex frissonna. James l'entraîna.

Hugo était assis dans la bibliothèque. Envoyé à Pointe Blanche parce qu'il volait dans les magasins, il était maintenant en train de lire une édition hollandaise du magazine *National Geographic*. Ils atteignirent le grand hall, où était affiché bien en évidence le poème de Cassian. Arrêté pour trafic de drogue, il écrivait maintenant des vers pleins de lyrisme sur les jonquilles.

Alex poussa la porte. Le vent froid lui fouetta le visage. Cela lui fit du bien. Il avait besoin de sentir que le monde réel existait.

Il avait recommencé à neiger. Alex et James firent lentement le tour du manoir. Deux gardes avançaient dans leur direction en parlant à voix basse en allemand. Alex avait compté trente gardes, tous allemands, tous vêtus de cols roulés noirs et de blousons matelassés noirs. Jamais ils n'adressaient la parole aux pensionnaires. Ils avaient le teint pâle et maladif, les cheveux ras. Malgré les affirmations du Dr Grief, Alex avait du mal à croire qu'ils étaient là pour leur protection. Servaient-ils à empêcher les intrus d'entrer, ou les pensionnaires de partir ?

— Par ici, dit James.

James avançait en tête. Ses pieds s'enfonçaient dans l'épaisse couche de neige. Alex jeta un coup d'œil aux fenêtres des deuxième et troisième étages. C'était à devenir fou. La moitié du manoir, peut-être plus, lui était interdite, et il n'arrivait pas à trouver un moyen de s'y faufiler. Impossible d'escalader la façade. Le mur était trop lisse et il n'y avait pas de lierre pour offrir la moindre prise. Quant aux gouttières, elles paraissaient bien trop fragiles pour supporter son poids.

Quelque chose remua. Alex se figea.

— Qu'y a-t-il ? s'enquit James.

— Regarde là-haut !

Alex désigna le troisième étage. Il pensait avoir aperçu une silhouette qui les observait derrière une fenêtre. Le visage semblait voilé par une sorte de masque blanc, avec deux fentes pour les yeux. La silhouette recula vivement et disparut.

— Je ne vois rien, dit James.

— Il est parti.

Ils reprirent leur marche en direction du tremplin de saut à skis. Selon James, la piste avait été construite juste avant que Grief rachète le manoir. À l'époque, on projetait de transformer Pointe Blanche en centre sportif. Le tremplin n'avait jamais servi. Ils atteignirent les barrières de bois qui en défendaient l'entrée et s'arrêtèrent.

— J'ai quelque chose à te demander, dit James. Que penses-tu sincèrement de Pointe Blanche ?

— Tu voulais venir jusqu'ici uniquement pour parler de ça ?

Malgré son anorak, Alex commençait à frissonner de froid.

— Parce que, à l'intérieur, j'ai toujours l'impression que quelqu'un épie mes moindres paroles.

— Je connais cette impression, dit Alex en réfléchissant à sa question. Je pense que tu avais raison. Cet endroit me fiche la trouille.

— Que dirais-tu de filer d'ici ?

— Tu sais piloter un hélicoptère ?

— Non, mais je vais partir. (James se tut et regarda autour de lui. Les deux gardes étaient rentrés dans l'école. Il n'y avait personne d'autre en vue.) Je sais que je peux te faire confiance, Alex, parce que tu viens tout juste d'arriver. Il ne t'a pas encore décervelé. (*Il* était bien entendu le Dr Grief. James n'avait pas besoin de le préciser.) Mais tu peux me croire, ça ne durera pas. Si tu restes ici, tu finiras comme les autres. Des élèves modèles. C'est le terme qui leur convient. On croirait qu'ils sont faits en pâte à modeler ! Moi, j'en ai assez. Je n'ai pas l'intention de me laisser avoir !

— Tu veux t'enfuir à pied ?

— Qui te parle de ça ? Je partirai à skis.

Alex examina la pente abrupte qui paraissait sans fin.

— Tu crois que c'est possible ? Je pensais...

— Grief dit que c'est trop dangereux, je sais. Mais il ne peut pas dire le contraire. C'est une piste noire de haut en bas, d'accord, et il y a plein de bosses...

— La neige n'a pas fondu ?

— Seulement en bas, répondit James en pointant le doigt. Je l'ai fait la première semaine de mon arrivée. Toutes les pentes convergent dans une seule vallée, qui s'appelle « le val de Fer ». On ne peut pas skier jusqu'à la ville à cause de la voie ferrée qui traverse la piste. Mais si j'arrive jusque-là, je suis certain de pouvoir faire le reste à pied.

— Et ensuite ?

— Un train jusqu'à Düsseldorf. Si mon père cherche à me réexpédier ici, je rejoins ma mère en Angleterre. Et si ma mère ne veut pas de moi, je disparais dans la nature. J'ai des amis à Paris et à Berlin. Je m'en fiche. Tout ce que je sais, c'est que je veux me tirer d'ici. Et si tu as un peu de bon sens, tu viendras avec moi.

Alex réfléchit. Il était tenté de partir avec James, ne serait-ce que pour l'aider dans son évasion. Mais il avait un travail à accomplir.

— Je n'ai pas de skis.

— Moi non plus, dit James en crachant dans la neige. Grief a confisqué tous les skis dès la fin de la saison. Il les garde enfermés quelque part.

— Au troisième étage ?

— Peut-être. Je les trouverai. Ensuite, à moi la liberté. (Il tendit sa main sans gant vers Alex.) Viens avec moi.

— Non. Désolé, James. Je te souhaite bonne chance. Je préfère rester ici encore un peu. Je n'ai pas envie de me briser le cou sur une piste noire.

— D'accord. C'est ton affaire. Je t'enverrai une carte postale.

Ils revinrent vers l'école. Alex montra à James la fenêtre où il avait entrevu le visage masqué.

— Tu t'es demandé ce qu'il y a là-haut ?

— Les quartiers des gardes, je suppose.

— Deux étages entiers ?

— Il y a aussi la cave. Et les appartements de Grief. Tu crois qu'il couche avec Mme Salevache ? (James fit une grimace.) Tu parles d'un couple !

165

Dark Vadorr et King Kong. En tout cas, je vais trouver mes skis et décamper d'ici, Alex. Pour ton bien, tu ferais mieux de venir avec moi.

Alex et James dévalaient la piste. Leurs skis fendaient la neige. C'était une nuit idéale. Tout était glacé et silencieux. Pointe Blanche était derrière eux. Tout à coup, une silhouette se dressait sur leur chemin. Le Dr Grief ! Tout de noir vêtu, il était immobile, ses yeux dissimulés derrière ses lunettes rouges. Alex faisait une embardée pour l'éviter. Il perdait le contrôle de ses skis. Il descendait de plus en plus vite. Ses bâtons gesticulaient dans le vide. Ses skis refusaient de virer. Il voyait le tremplin de saut approcher. Quelqu'un avait enlevé les barrières. Ses skis quittaient la neige et s'engageaient sur la glace. Puis c'était la chute vertigineuse dans la nuit, sans retour en arrière possible. Le Dr Grief éclatait de rire. Soudain, Alex entendait un cliquetis, puis il décollait brutalement, se mettait à tournoyer dans le vide, et tombait, tombait, tombait...

Il se réveilla.

Il était dans son lit. La lune éclairait ses draps. Il regarda sa montre. Deux heures quinze. Il vit défiler les images de son rêve. Sa tentative d'évasion avec James. Le Dr Grief qui les guettait. Pas de doute, Pointe Blanche commençait à le perturber.

Il faisait rarement des cauchemars. L'école le minait doucement mais sûrement.

Alex se remémora les bruits de son rêve. Le rire du Dr Grief et ce cliquetis étrange. Le cliquetis faisait-il partie du rêve ? Alex reprit totalement conscience. Il se leva, s'approcha de la porte et tourna la poignée. Il ne s'était pas trompé. Le bruit qu'il avait entendu n'était pas imaginaire. On avait verrouillé sa porte pendant son sommeil.

Quelque chose avait dû se produire, et il était bien décidé à découvrir quoi. Il s'habilla rapidement, puis revint s'agenouiller devant la porte pour examiner la serrure. Il vit deux pênes, d'un bon centimètre d'épaisseur, l'un au-dessus de l'autre. Ils avaient dû être actionnés automatiquement. Une chose était sûre : la porte était condamnée.

Restait la fenêtre. Toutes les fenêtres des chambres étaient munies d'une barre de fer qui empêchait de les ouvrir de plus de dix centimètres. Alex prit son baladeur CD portable, y inséra le disque de Beethoven et le mit en marche. Le CD se mit à tourner à une vitesse fantastique, puis sortit lentement de son compartiment. Alex pressa l'arête contre la barre de fer. Il suffit de quelques secondes. Le CD trancha l'acier comme du papier. La barre tomba d'un côté et libéra la fenêtre.

Il neigeait. Alex éteignit le baladeur et le jeta sur le lit. Il enfila son anorak, puis enjamba la fenêtre.

Sa chambre était au premier étage. En temps normal, il aurait risqué de se casser une cheville ou une jambe. Mais la neige qui tombait depuis dix heures avait formé un tapis épais qui, poussé par le vent, s'était amassé contre le mur. Alex se suspendit à bout de bras, et lâcha le rebord de la fenêtre. Il s'enfonça dans la neige jusqu'à la taille. Il était glacé et trempé avant même d'entreprendre quoi que ce soit, mais il était indemne.

Il parvint à s'extraire de la congère et longea le mur. Il y avait de fortes chances pour que la porte d'entrée principale ne soit pas fermée à clé. Logiquement, le mécanisme qui avait verrouillé la porte de sa chambre avait aussi verrouillé les autres. Et si certains des pensionnaires ne dormaient pas – ce qui était peu probable –, ils ne pouvaient de toute façon pas sortir. Le Dr Grief avait donc toute liberté pour aller et venir.

Alex était arrivé à l'angle du manoir quand il entendit des gardes approcher. Comme il n'avait nulle part où se cacher, il se jeta à plat ventre dans la neige, contre le mur. Ils étaient deux. Alex les entendait distinctement converser en allemand mais n'osait pas lever les yeux. S'il ne bougeait pas, avec un peu de chance il passerait inaperçu. Sauf s'ils approchaient trop près. Il retint son souffle, le cœur battant.

Les gardes tournèrent l'angle et poursuivirent

leur ronde. Bientôt ils arriveraient sous sa fenêtre. Allaient-ils remarquer qu'elle était ouverte ? Heureusement, Alex avait éteint la lumière et ils n'avaient aucune raison de lever la tête. Cependant il savait qu'il avait peu de temps devant lui. Il devait agir vite.

Il se redressa et courut. Ses vêtements étaient couverts de neige et les flocons qui continuaient de tomber l'aveuglaient. C'était l'heure la plus froide de la nuit. Alex tremblait de tous ses membres lorsqu'il arriva à la porte. Et si, finalement, elle était fermée à clé ? Il ne pourrait certainement pas rester dehors jusqu'au matin.

La porte n'était pas fermée. Il se faufila dans la chaleur et l'obscurité du hall. La cheminée aux dragons se trouvait en face de lui. Les bûches qui avaient brûlé dans la soirée finissaient de se consumer. Alex tendit les mains au-dessus de l'âtre pour se réchauffer un peu. Tout était silencieux. Les couloirs déserts étaient éclairés par quelques ampoules à faible tension. Il se rendit soudain compte qu'il avait peut-être commis une erreur. Les autres portes étaient peut-être verrouillées pendant la nuit par mesure de sécurité. Peut-être avait-il tiré des conclusions hâtives.

— Non... !

C'était la voix d'un adolescent. Un long cri vibrant qui résonna dans toute l'école. Un instant plus tard, Alex entendit des pas précipités dans un couloir d'un étage supérieur. Il chercha une cachette, et opta pour la cheminée. Il y avait un espace suffisant entre le panier contenant le bois à brûler et la paroi de briques. Alex s'accroupit. Il sentait la chaleur diffuse contre sa joue et ses jambes. Tapi derrière les dragons, il attendit de voir ce qui allait se passer.

Trois personnes descendaient l'escalier. Mme Stellenbosh en tête, suivie de deux gardes qui traînaient quelque chose entre eux. C'était un garçon ! La tête baissée, en pyjama, ses pieds nus glissaient sur les marches de pierre. Mme Stellenbosh ouvrit la porte de la bibliothèque et entra. Les gardes lui emboîtèrent le pas. La porte claqua derrière eux, puis le silence retomba.

Tout s'était passé très vite. Alex n'avait pas eu le temps de distinguer le visage de l'adolescent, mais il l'avait identifié au son de sa voix.

James Sprintz.

Il sortit de la cheminée et traversa le hall vers la bibliothèque. Aucun son ne filtrait. Il s'agenouilla devant le trou de la serrure. La salle était plongée dans l'obscurité. Impossible de voir quoi que ce soit. Que faire ? Il pouvait remonter jusqu'à sa chambre et attendre que les portes soient déverrouillées pour regagner son lit. Personne ne saurait qu'il était sorti.

Mais la seule personne de l'école à lui avoir témoigné un peu d'amitié se trouvait dans la bibliothèque. On l'y avait traîné de force. Pour lui faire un lavage de cerveau, peut-être. Ou le maltraiter. Alex ne pouvait tourner les talons et l'abandonner.

Sa décision était prise. Il ouvrit la porte et entra.

La bibliothèque était vide.

Il resta un instant sur le seuil, clignant des yeux pour s'accoutumer à la pénombre. Toutes les fenêtres étaient fermées. Aucun signe ne trahissait une présence quelconque. Au fond de la salle, l'armure dans son alcôve semblait l'observer. Il avança. Avait-il mal vu ? Mme Stellenbosh et les gardes étaient-ils entrés dans une autre pièce ?

Il s'approcha de l'alcôve et regarda derrière l'armure, cherchant une porte dérobée. Rien. Il tapota le mur. Bizarrement, celui-ci rendit un son métallique. Mais, contrairement à la cloison blindée dans l'escalier, il n'y avait aucune poignée, et rien ne suggérait qu'il y eût un passage.

Impuissant, Alex décida de rebrousser chemin avant d'être découvert.

Or, à peine avait-il atteint le premier étage que des bruits de voix lui parvinrent. D'autres gardes marchaient lentement dans le couloir. Alex bondit vers une porte de service et tenta sa chance. Ouf ! Elle n'était pas fermée et il put se faufiler à l'intérieur. C'était une buanderie, avec une machine à laver, un sèche-linge et deux planches à repasser. Au moins il y faisait chaud, et ça sentait bon la lessive.

Les gardes s'éloignèrent. Il y eut un cliquetis métallique qui résonna dans tout le couloir, et Alex comprit que les portes des chambres venaient d'être déverrouillées. Il pouvait regagner son lit.

Il se glissa furtivement dans le couloir. En passant devant la chambre de James Sprintz, il s'aperçut que la porte était grande ouverte. À l'intérieur, une voix l'appela :

— Alex ?

C'était impossible, pourtant il y avait quelqu'un.

Alex jeta un coup d'œil. La lumière s'alluma.

James était assis sur son lit, le regard vague, comme s'il venait de se réveiller. Il portait le même pyjama que le garçon traîné par les gardes dans la bibliothèque. Pourtant ce ne *pouvait* pas être lui.

— Qu'est-ce que tu fais ? demanda James.

— Je croyais avoir entendu quelque chose.

— Mais tu es tout habillé ! Et trempé ! (James regarda sa montre.) Il est presque trois heures...

Le temps avait passé vite. Il n'était que deux heures et quart quand Alex avait sauté par la fenêtre.

— Ça va, James ?

— Oui.

— Tu n'as pas...

— Quoi ?

— Rien. À plus tard.

Alex se glissa dans sa chambre. Il ferma la porte, ôta ses vêtements mouillés, se sécha avec une serviette et se mit au lit. Si ce n'était pas James qu'il avait vu entrer entre deux gardes dans la bibliothèque, qui était-ce ? Pourtant ce ne pouvait être que lui. Il l'avait entendu crier, il avait vu son corps inerte traîné dans l'escalier. Alors où était-il à présent ?

Alex ferma les yeux et essaya de s'endormir. Les événements de la nuit avaient apporté plus d'énigmes qu'ils n'en avaient résolu. Mais au moins il avait appris quelque chose.

Il savait désormais comment accéder au deuxième étage.

11

Vision double

James était déjà attablé devant son petit déjeuner lorsque Alex descendit à la salle à manger. Œufs, bacon et thé. Le même menu que d'habitude. James leva la main pour l'accueillir. Pourtant, dès qu'il le vit, Alex sentit que quelque chose clochait. James souriait, mais d'un air distant, comme si ses pensées étaient ailleurs.

— Alors, que s'est-il passé la nuit dernière ? demanda-t-il.

— Je n'en sais rien... (Alex était tenté de tout lui raconter, y compris qu'il était ici sous un faux nom, avec la mission d'espionner l'école. Mais il ne pouvait pas. Pas ici, si près des autres.) Je crois que j'ai fait un cauchemar.

— Tu es somnambule ? Tu es sorti marcher dans la neige en dormant ?

— Non. Je pensais avoir vu quelque chose, mais je me suis trompé. J'ai passé une mauvaise nuit, c'est tout. (Il changea de sujet et baissa la voix :) Tu as réfléchi à ton plan ?

— Quel plan ?

— Les skis.

— Nous n'avons pas le droit de skier.

— Je veux dire... ton évasion.

James esquissa un sourire comme s'il venait seulement de comprendre ce dont parlait Alex.

— Ah, oui... J'ai changé d'avis.

— Explique-toi.

— Si je m'enfuyais, mon père me renverrait ici aussitôt. Ça ne servirait à rien. Autant prendre les choses du bon côté. De toute façon, jamais je n'arriverais à descendre jusqu'en bas. Dans la vallée, la couche de neige est trop mince.

Alex examina James. Tout ce qu'il disait était l'exact opposé de ce qu'il avait affirmé la veille. C'était à se demander si c'était le même garçon. Pourtant il n'y avait aucun doute possible. Il portait les mêmes vêtements négligés, les mêmes ecchymoses sur le visage. Cheveux bruns, yeux bruns, teint clair. C'était James. Néanmoins il lui était arrivé quelque chose. Alex l'aurait juré.

James tourna la tête et Alex aperçut Mme Stellenbosh qui venait d'entrer, vêtue d'une robe verdâtre particulièrement moche, qui lui tombait comme un sac jusqu'aux genoux.

— Bonjour, jeunes gens ! lança-t-elle comme à son habitude. Les cours débutent dans dix minutes. Nous commencerons par l'histoire, dans la salle de la tour. (Elle s'approcha de leur table et ajouta :) James, j'espère que tu seras des nôtres, aujourd'hui ?

— Bien sûr, madame Stellenbosh.

— Parfait. Nous étudierons la vie de Adolf Hitler. Un personnage très intéressant. Je suis certaine que cela te passionnera.

Dès qu'elle se fut éloignée, Alex se tourna vers James.

— Tu comptes assister aux cours ?

— Pourquoi pas ? répondit James, qui avait fini de manger. Je suis coincé ici et il n'y a rien d'autre à faire. J'aurais dû y aller plus tôt. Tu ne devrais pas être si négatif, Alex, dit-il en agitant le doigt pour souligner ses paroles. Tu perds ton temps.

Alex se figea. Encore ce mouvement du doigt. La veille, Joe Canterbury avait fait un geste similaire.

Des marionnettes au bout du même fil.

Que s'était-il donc produit pendant la nuit ?

177

Alex regarda James sortir avec les autres. Il comprit qu'il venait de perdre son seul ami à Pointe Blanche et eut soudain envie de partir très loin d'ici, de cette montagne, et de rejoindre le monde rassurant du collège Brookland. Au début, l'aventure l'avait séduit, maintenant il avait hâte qu'elle s'achève. Il lui suffisait d'actionner le signal de détresse du baladeur CD, et le MI 6 viendrait le chercher. Mais il ne pouvait pas partir avant d'avoir des renseignements à leur fournir.

Alex savait ce qu'il lui restait à faire. Il se leva et quitta la salle à manger.

Il avait repéré le passage la nuit précédente, quand il était caché dans la cheminée. Le conduit s'incurvait en s'élevant vers l'air libre. D'en bas, il avait aperçu la lueur de la lune. La façade extérieure était trop lisse pour l'escalader, mais à l'intérieur du conduit, les briques étaient inégales, parfois cassées, avec de nombreuses prises pour les mains et les pieds. Logiquement, on pouvait supposer qu'il y avait aussi des cheminées aux deuxième et troisième étages. Dans le cas contraire, le conduit le mènerait sur le toit, d'où il trouverait sans doute un moyen de descendre. En admettant qu'aucun garde ne l'attende là-haut.

Alex s'approcha de la cheminée aux dragons. À sa montre, il était neuf heures. Les cours dureraient jusqu'à midi, et personne ne s'inquiéterait de lui. Le feu avait fini par s'éteindre mais les cendres étaient encore chaudes. Un garde allait probablement venir les nettoyer, mais pas avant la fin de l'après-midi. Alex leva les yeux dans le goulot de la cheminée et aperçut une étroite bande de bleu. Le ciel paraissait infiniment lointain, et la cheminée plus exiguë qu'il ne l'avait cru. Et s'il y restait coincé ? Il s'obligea à chasser cette pensée, chercha une prise dans les interstices de briques et commença l'ascension.

L'odeur de milliers de feux de bois imprégnait les parois, et il était impossible pour Alex de ne pas absorber la suie en suspension quand il respirait. Il trouva une saillie pour son pied et se hissa d'un mètre. Cette fois il était bien enfoncé à l'intérieur, forcé à la position assise : les pieds calés contre une paroi, le dos contre l'autre et les fesses dans le vide. Il n'avait même pas besoin de ses mains. Il lui suffisait d'utiliser ses jambes pour s'élever, de son dos et de ses pieds pour se maintenir en équilibre. Pousser, glisser. Pousser, glisser. Mais il fallait manœuvrer avec prudence. Chaque mouvement faisait tomber de la suie. Il la sentait dans ses cheveux et n'osait pas lever les yeux de crainte d'être aveuglé. Pousser, glisser. Pousser, glisser. Pas trop vite. Si ses pieds dérapaient, il risquait une chute. Il avait déjà parcouru une bonne distance. Au moins un étage. Cela signifiait qu'il se hissait maintenant vers le deuxième.

Le conduit de la cheminée devenait plus sombre et plus resserré. La lumière du jour, en haut, paraissait ne pas se rapprocher. Les mouvements d'Alex étaient plus compliqués. Il respirait avec peine. Sa gorge était littéralement tapissée de suie. Il effectua une nouvelle poussée sur ses jambes mais, cette fois, ses genoux heurtèrent la brique et une douleur violente résonna dans tout son corps. Il se bloqua dans sa position inconfortable et tâtonna pour comprendre ce qui se passait. Une sorte de rebord en L saillait au-dessus de lui, et c'est l'angle du L que ses genoux avaient heurté, tandis que sa tête était dans le goulot supérieur. Quelle que soit cette obstruction, elle réduisait le passage de moitié, ne laissant qu'un espace exigu pour les épaules et le corps.

L'angoisse de se retrouver coincé l'étreignit de nouveau. Personne ne viendrait le chercher ici. Il mourrait suffoqué dans les ténèbres.

Il chercha sa respiration et avala de la suie. Dernière tentative ! Les bras levés au-dessus de sa tête, il poussa encore sur ses jambes et sentit la brique lui râper le dos et déchirer sa chemise. Ses mains agrippèrent un rebord qui devait être le haut du L. Il put ainsi se hisser, et découvrit un âtre, qui partageait le même conduit d'évacuation que celui du grand hall. L'espace intérieur du L était le foyer.

Alex se souleva, puis bascula maladroitement dedans. Des bûches froides et des cendres amortirent sa chute. Il était au deuxième étage !

Il sortit à quatre pattes de l'âtre. Quelques semaines plus tôt, à Brookland, il avait lu quelque chose sur les ramoneurs, sous le règne de la reine Victoria, au XIXe siècle, où de jeunes garçons âgés parfois de six ans étaient quasiment réduits en esclavage. Jamais il n'aurait supposé qu'il éprouverait un jour ce que ces pauvres enfants avaient ressenti. Il toussa et cracha dans la paume de sa main. Sa salive était noire. Il n'osa même pas imaginer ce à quoi il ressemblait. Une bonne douche serait indispensable avant de se montrer.

Il se mit debout. Le deuxième étage était aussi silencieux que le premier et le rez-de-chaussée. Et le manteau de la cheminée était identique. D'ailleurs....

Alex craignit soudain d'avoir commis une terrible erreur. Il se tenait dans un hall qui était la réplique exacte du précédent. Mêmes couloirs, même cage d'escalier, même cheminée... mêmes sinistres têtes d'animaux empaillées sur les murs. Il avait l'impression d'avoir accompli une boucle et d'être revenu à son point de départ. Il regarda attentivement tout autour de lui. En fait, il existait une différence : il n'y avait pas de porte d'entrée. Et, en regardant par la fenêtre, il aperçut, en bas, un garde adossé contre le mur qui fumait une cigarette. C'était donc bien le deuxième étage, mais il avait été conçu sur le modèle du rez-de-chaussée.

Alex avança à pas de loup, craignant que quelqu'un l'ait entendu arriver par la cheminée. Les parages étaient déserts. Il suivit le couloir jusqu'à la première porte. Au rez-de-chaussée, cela correspondait à la bibliothèque. Tout doucement, centimètre par centimètre, il poussa la porte... qui donnait sur une seconde bibliothèque, en tous points identique à la première. Mêmes tables, mêmes chaises, même armure dans la même alcôve. Alex jeta un coup d'œil sur un rayonnage : les livres aussi étaient les mêmes !

Néanmoins un détail différait. Alex avait l'impression de s'être égaré dans une de ces énigmes que l'on trouve parfois dans les albums de bandes dessinées ou les magazines : deux images apparemment identiques, mais comportant dix erreurs volontaires qu'il faut découvrir. Dans le cas présent, l'erreur était un large téléviseur encastré dans le mur. L'écran était allumé et montrait une autre bibliothèque. Alex en eut le vertige. Quelle était cette bibliothèque ? Sûrement pas celle dans laquelle il se trouvait, sinon il serait apparu sur l'image. Ce devait donc être celle du rez-de-chaussée.

Deux bibliothèques identiques, donc. Et l'on

pouvait s'asseoir dans l'une pour observer l'autre. Mais pourquoi ? Dans quel but ?

Il fallut dix minutes à Alex pour vérifier que le deuxième étage tout entier était une copie conforme du rez-de-chaussée, avec la même salle à manger, les mêmes salons et la même salle de jeux. Alex s'approcha de la table de billard américain et posa une boule au milieu du plateau. La boule roula dans le trou d'angle. Même inclinaison du sol. Là aussi, un écran de télévision renvoyait l'image de la salle du bas. Comme dans la bibliothèque, chaque pièce espionnait l'autre.

Il revint sur ses pas et monta l'escalier jusqu'au troisième étage. Il cherchait la réplique de sa chambre, mais entra d'abord dans celle de James. Pas de surprise : les affiches de films de science-fiction, le mobile et la lampe étaient là. Et les vêtements étaient éparpillés dans le même désordre. Non seulement les pièces étaient reproduites à l'identique, mais aussi l'ambiance. Tout se qui se passait en bas se passait également en haut. Cela signifiait-il que quelqu'un vivait ici, surveillait les moindres faits et gestes de James Sprintz et les imitait ? Si tel était le cas, Alex avait-il lui aussi une doublure ?

Il passa dans la chambre voisine et eut l'impression d'entrer chez lui. Même lit, mêmes meubles. Là encore il y avait un téléviseur. Il le brancha et ne fut pas étonné de voir apparaître sa chambre du premier étage : le baladeur CD était sur le lit, ses vêtements encore humides de la nuit dernière posés dans un coin. Quelqu'un l'avait-il espionné alors qu'il enjambait la fenêtre ? Alex eut un sursaut de panique, puis se raisonna. Cette pièce, qui était la copie de la sienne, se distinguait néanmoins des autres. Personne n'y avait encore emménagé. Il suffisait de l'observer attentivement pour s'en rendre compte. Personne n'avait dormi dans ce lit, et de menus détails n'étaient pas reproduits. Ainsi, il n'y avait pas de baladeur CD, pas de vêtements humides. La porte du placard, qu'il avait laissée ouverte, était ici fermée.

Alex s'efforça de chasser l'impression d'hallucination qui le saisissait pour pouvoir réfléchir. Chaque garçon qui arrivait à Pointe Blanche était surveillé. Ses faits et gestes dupliqués. S'il accrochait un poster sur le mur de sa chambre, le même poster apparaissait dans une chambre identique. Alex se remémora le visage masqué qu'il avait aperçu la veille, derrière une fenêtre. Peut-être l'inconnu s'apprêtait-il à emménager ici pour l'imiter, lui, Alex ? Cependant tout tendait à prouver que ce n'était pas encore fait. Pourquoi, il l'ignorait.

Restait la question la plus importante. Quel était le but de toute cette machination ? Espionner les pensionnaires était une chose. Les copier en était une autre.

Quelque part, une porte claqua, et il entendit des voix. Deux personnes marchaient dans le couloir. Alex alla à la porte jeter un coup d'œil. Il eut juste le temps d'apercevoir le Dr Grief entrer dans une pièce avec un autre homme : un individu gros et petit, vêtu d'une blouse blanche. La pièce où ils venaient de pénétrer correspondait à la buanderie du premier étage. Alex se glissa hors de la chambre et s'approcha.

— ... joli travail, monsieur Baxter. Je vous félicite.

— Merci, docteur Grief.

Ils avaient laissé la porte ouverte. Alex s'accroupit et risqua un coup d'œil. Il y avait au moins une section du troisième étage qui ne ressemblait pas au premier. Ici, pas de machine à laver ni de planches à repasser. À la place, une rangée d'éviers et, par-delà une autre porte, une salle d'opération chirurgicale entièrement équipée, au moins deux fois plus grande que la buanderie. Au centre se dressait une table d'opération. Les murs étaient couverts d'étagères surchargées d'instruments chirurgicaux. Sur l'une d'elles étaient éparpillées ce qui ressemblait à des photographies en noir et blanc.

Quel était le rôle d'une salle d'opération dans ce puzzle diabolique ? Les deux hommes bavardaient.

Grief était debout, une main dans la poche. Alex profita de ce qu'ils étaient absorbés par leur conversation pour se glisser dans l'antichambre et se cacha derrière un évier. De là, il pouvait les observer et les entendre.

— J'espère que vous êtes satisfait de la dernière opération, disait M. Baxter.

Alex le voyait de trois quarts. Il avait un visage bouffi, des cheveux jaune filasse et une petite moustache. Sous sa blouse blanche, il portait un nœud papillon et un costume à carreaux. Alex était certain de ne jamais l'avoir rencontré. Pourtant il avait l'étrange impression de le connaître. Un mystère de plus !

— Totalement satisfait, répondit le Dr Grief. Je l'ai examiné dès qu'on lui a retiré ses bandages. Vous avez réalisé un chef-d'œuvre.

— Je suis le meilleur. C'est pour cela que vous me payez, gloussa Baxter d'une voix mielleuse. À ce propos, nous pourrions peut-être parler du versement final ?

— Vous avez déjà reçu un million de dollars.

— C'est exact, docteur Grief, sourit Baxter. Mais je me demandais si vous ne pourriez pas envisager un petit... bonus ?

— Nous avons conclu un accord, lui rappela le Dr Grief en tournant lentement la tête.

Les lunettes rouges se braquèrent sur son interlocuteur comme des projecteurs.

— Vous avez payé mon travail. Pas mon silence. Que pensez-vous de deux cent cinquante mille dollars ? Par rapport à l'ampleur de votre projet Gemini, c'est une broutille. Ensuite je me retirerai dans ma villa en Espagne, et vous n'entendrez plus jamais parler de moi.

— Vraiment jamais ?

— Je vous le promets.

— Bien. Cela me semble une excellente idée.

La main de Grief jaillit de sa poche. Il tenait un automatique à silencieux. Baxter souriait encore lorsque Grief l'abattit d'une balle en plein front. Il fut projeté en arrière sur la table d'opération et ne bougea plus.

Le Dr Grief abaissa son arme et s'approcha du téléphone. Il décrocha, composa un numéro et attendit patiemment.

— Ici Grief, dit-il. Il y a des ordures dans la salle d'opération qu'il faudrait enlever. Pouvez-vous prévenir l'équipe de nettoyage, je vous prie ?

Il raccrocha, puis, après un dernier regard au corps sans vie affaissé sur la table, il traversa la pièce. Alex le vit presser un bouton sur le mur. Un panneau s'ouvrit en coulissant sur une cabine d'ascenseur. Le Dr Grief y entra et le panneau se referma.

Alex se redressa. Le choc lui embrouillait l'esprit. Il avança en chancelant dans la salle d'opération. Il savait juste qu'il devait agir vite. L'équipe de nettoyage n'allait pas tarder. Mais il voulait d'abord comprendre quel genre d'opérations se pratiquaient ici. M. Baxter était vraisemblablement chirurgien. Mais quel genre d'intervention valait un million de dollars ?

Alex inspecta les lieux, tout en s'efforçant de ne pas regarder le cadavre. Toute une panoplie de scalpels s'alignait sur une étagère. La seule vue des lames aiguisées lui donna la sensation de les sentir sur sa peau. Il y avait des bandes de gaze, des seringues, des flacons contenant différents liquides. Mais aucune indication de leur usage. C'était sans espoir. Alex ne connaissait rien à la médecine. Cette pièce pouvait aussi bien servir à opérer des ongles incarnés qu'à pratiquer de la chirurgie cardiaque.

Restait les photographies. Surprise ! Il se reconnut sur plusieurs d'entre d'elles, allongé sur un lit qui lui était familier. C'était à Paris ! Dans la chambre n° 13 de l'*Hôtel du Monde*. Il se rappelait le couvre-lit noir et blanc, et les vêtements qu'il portait ce soir-là. Sur la plupart des photos, il était nu. Chaque centimètre de son corps avait été photographié, tantôt en gros plan, tantôt en plan plus large. Sur chacune, il avait les yeux fermés. Aucun doute, on l'avait drogué. Il se souvint comment s'était terminé le dîner avec Mme Stellenbosh.

Les photos lui donnaient la nausée. Il avait été manipulé par des gens qui le considéraient comme une vulgaire marchandise. L'antipathie qu'il avait ressentie, dès le premier contact, envers le Dr Grief et son assistante s'était transformée en haine. Il ignorait quel but ils poursuivaient, mais c'étaient des gens diaboliques. Il fallait les arrêter.

Un bruit de pas dans l'escalier l'arracha à ses pensées. L'équipe de nettoyage ! Il regarda autour de lui et poussa un juron. Il n'avait pas le temps de s'enfuir et il ne voyait aucun endroit où se cacher. Tout à coup, il se souvint de l'ascenseur. Il s'approcha du panneau et appuya fébrilement sur le bouton. Les pas approchaient. Des voix. Enfin le panneau coulissa. Alex entra dans une petite cabine métallique, dotée d'un clavier avec cinq boutons : *S-S, 0, 1, 2, 3*. Il appuya sur le 0. L'ascenseur allait le ramener à son point de départ.

La porte se referma quelques secondes avant que les gardes entrent dans la salle d'opération. L'ascenseur s'ébranla. Alex avait l'estomac noué. Il prit conscience qu'il pouvait déboucher n'importe où, et risquait de tomber sur des gardes, ou sur les autres garçons de l'école. De toute façon, il était trop tard. Il devrait se débrouiller.

La chance était avec lui. La porte de l'ascenseur

s'ouvrit dans la bibliothèque. Alex supposa que c'était la vraie, et non la copie. La salle était vide. Il fit un pas, puis se retourna. Il était face à l'alcôve. La porte de l'ascenseur en formait le fond, habilement dissimulée par l'armure qui s'ouvrait en deux. La porte se ferma automatiquement et les deux moitiés de l'armure se rejoignirent, parachevant le camouflage. Malgré lui, Alex admira la simplicité du système. Le manoir entier était une fantastique boîte à astuces.

Alex regarda ses mains. Elles étaient noires. Il avait oublié qu'il était couvert de suie. Il sortit prudemment de la bibliothèque, en s'efforçant de ne pas laisser de traces sur le tapis. Puis il remonta dans sa chambre en courant. Arrivé là, il dut se convaincre que c'était bien sa véritable chambre, et non sa réplique du troisième étage. Le baladeur CD lui en apporta la preuve.

Maintenant il en savait suffisamment. Il était temps d'appeler la « cavalerie ». Il prit le baladeur CD et appuya trois fois sur le bouton de détresse. Après quoi, il alla se doucher.

12

Retard tactique

À Londres, il pleuvait. Une de ces pluies qui semblent ne jamais devoir cesser. La circulation était complètement bloquée. Alan Blunt se tenait assis devant la fenêtre donnant sur la rue lorsqu'on frappa à la porte. Il se retourna à regret, comme si la ville sous son plus mauvais jour le captivait. Mme Jones entra, un papier à la main. Blunt aperçut les mots *Très Urgent* inscrits en rouge en haut de la feuille. Il s'assit derrière son bureau.

— On a des nouvelles d'Alex, annonça Mme Jones.

— Ah oui ?

— Smithers lui a remis un émetteur satellite

caché dans un baladeur CD. Alex s'en est servi pour nous envoyer un signal, à dix heures vingt-sept ce matin, heure française.

— Et alors ?

— Soit il est en danger, soit il en a découvert assez pour qu'on intervienne. Dans les deux cas, nous devons le sortir de là.

— Je me demande... (Blunt se renversa contre le dossier de son fauteuil, plongé dans ses réflexions. Étant jeune, il avait remporté le premier prix de mathématiques à l'université de Cambridge. Trente ans plus tard, il regardait toujours la vie comme une série de calculs alambiqués.) Alex est à Pointe Blanche depuis combien de temps ?

— Une semaine.

— Si mes souvenirs sont bons, il n'avait pas envie d'y aller. Et, à en croire Sir David Friend, son comportement à *Haverstock Hall* était pour le moins... antisocial. Savez-vous qu'il a endormi la fille de Friend avec une fléchette paralysante ? Apparemment, il a aussi failli la tuer dans un tunnel ferroviaire.

— Il jouait son rôle, objecta Mme Jones. Exactement comme on le lui avait demandé.

— Visiblement il l'a pris très au sérieux, murmura Blunt. Alex n'est peut-être plus fiable à cent pour cent.

— Il a envoyé un signal, insista Mme Jones

d'une voix où perçait l'exaspération. Pour autant que nous le sachions, Alex a peut-être de sérieux ennuis. Nous lui avons donné cet émetteur comme signal d'alarme, afin de le retrouver en cas de besoin. Il l'a utilisé. On ne va pas rester assis ici sans rien faire.

— Ce n'est pas ce que je suggérais, dit Blunt en lui jetant un regard intrigué. Vous ne seriez pas en train de vous attacher à Alex Rider, madame Jones ?

— Ne soyez pas ridicule, se défendit-elle en détournant les yeux.

— Pourtant vous semblez inquiète pour lui.

— Alex a quatorze ans ! C'est un enfant !

— Et vous avez eu des enfants.

— Oui. C'est peut-être ce qui nous différencie. Mais vous devez quand même admettre que c'est un garçon exceptionnel. Nous n'avons aucun autre agent tel que lui. Un adolescent ! L'arme secrète idéale. Mes sentiments pour lui n'ont rien à voir avec ça. Nous ne pouvons pas nous permettre de le perdre.

— Je ne veux pas débarquer en force à Pointe Blanche sans base solide, dit Blunt. Premièrement, c'est en France, et vous savez comment sont les Français. Si nous arrivons sans invitation sur leur territoire, ils vont faire un ramdam d'enfer. Deuxiè-mement, Grief détient les fils de quelques-unes des familles les plus riches du monde. Si nous pénétrons chez lui avec les forces spéciales, ça risque de dégénérer en grave incident international.

— Vous vouliez la preuve que cette école a un lien avec la mort de Roscoe et d'Ivanov, dit Mme Jones. Alex l'a peut-être trouvée.

— Peut-être, et peut-être pas. Un délai de vingt-quatre heures ne devrait pas changer grand-chose.

— Vingt-quatre heures ?

— Nous mettrons une unité en attente. Ils surveilleront la place. Si Alex a des ennuis, nous le découvrirons très vite. Cela pourrait jouer en notre faveur s'il faisait bouger un peu les choses. En réalité, c'est exactement ce que nous voulons. Obliger Grief à dévoiler ses cartes.

— Et si Alex nous contacte à nouveau ?

— Alors on intervient.

— Il sera peut-être trop tard.

— Pour Alex ? dit Blunt sans la moindre émotion. Inutile de vous inquiéter pour lui, madame Jones. Il sait très bien se débrouiller. »

Le téléphone sonna et Blunt répondit. L'entretien était clos. Mme Jones sortit prendre les dispositions nécessaires pour qu'une unité des forces spéciales s'envole pour Genève. Blunt avait raison. Retarder l'intervention pouvait s'avérer profitable. Il fallait d'abord régler la question avec les Français, et ensuite découvrir ce qui se tramait. Et puis ce n'était jamais que vingt-quatre heures.

Alex se retrouva tout seul à la table du petit déjeuner. Pour la première fois, James Sprintz avait préféré se joindre aux autres. Tous les six semblaient désormais les meilleurs amis du monde. Alex observa attentivement le garçon qui jusqu'alors avait été son allié, cherchant ce qui avait changé en lui. Il connaissait déjà la réponse. Tout et rien. James était à la fois exactement le même et totalement différent.

Alex finit de manger et se leva. James le héla :

— Hé, Alex ! Pourquoi tu ne viens pas en classe avec nous, ce matin ? C'est le cours de latin.

Alex secoua la tête.

— Le latin est une perte de temps.

— C'est vraiment ce que tu penses ? dit James d'un ton dédaigneux qui déconcerta Alex.

L'espace d'une seconde, il ne reconnut pas James. C'étaient les paroles du Dr Grief qui étaient sorties par sa bouche.

— Amuse-toi bien ! lança Alex en quittant la salle à manger.

Près de vingt-quatre heures s'étaient écoulées depuis qu'il avait envoyé le signal. Alex ne savait d'ailleurs pas ce qu'il en attendait. Une flotte d'hélicoptères arborant l'Union Jack l'aurait rassuré.

Mais, jusqu'à présent, rien ne s'était produit. Il se demandait même si l'émetteur avait fonctionné. D'un autre côté, il s'en voulait. En voyant Grief tuer Baxter dans la salle d'opération, il avait cédé à la panique. Il savait que Grief était un assassin. Il savait que l'école de Pointe Blanche était beaucoup plus que le pensionnat disciplinaire qu'elle prétendait être. Cependant plusieurs questions restaient sans réponse. Quel but poursuivait précisément le Dr Grief ? Était-il responsable de la mort de Roscoe et d'Ivanov ? Et, si oui, pourquoi ?

En vérité, il n'avait pas suffisamment de renseignements. Lorsque le MI 6 interviendrait, le corps de Baxter reposerait déjà quelque part sous terre dans la montagne, et rien ne prouverait qu'il se passait dans l'école des choses bizarres. On le prendrait pour un idiot. Il imaginait déjà Grief racontant sa version de l'histoire...

— Oui, en effet, il existe une salle d'opération à Pointe Blanche. Elle date de plusieurs années. Nous n'utilisons jamais les deuxième et troisième étages. L'ascenseur a été installé avant notre arrivée. Quant aux gardes, nous avons expliqué à Alex qu'ils sont là pour la protection de nos pensionnaires. Comme vous le constatez, messieurs, il ne se passe ici rien de déplaisant. Les garçons sont très bien. Baxter ? Non, je ne connais personne de ce nom. De toute évidence, Alex a eu des hallucinations. Je suis très étonné qu'il

ait été envoyé ici pour nous espionner. Je vous demanderai de l'emmener avec vous quand vous partirez...

Il devait absolument en apprendre davantage. Ce qui impliquait de refaire un tour au deuxième étage. Ou à la cave. Alex se souvenait des niveaux indiqués dans l'ascenseur. S-S pour *sous-sol.*

Il se rendit devant la classe de latin et jeta un coup d'œil par la porte entrouverte. Il ne voyait pas le Dr Grief mais entendait sa voix :

— *Felix qui potuit rerum cognoscere causas...*

La craie crissa sur le tableau noir. Les six pensionnaires étaient assis à leur pupitre, très attentifs. James prenait des notes, installé entre Hugo et Tom. Alex regarda sa montre. Le cours allait durer encore une heure. Pendant ce temps, il serait tranquille.

Il revint dans le couloir et se faufila dans la bibliothèque. Il avait encore l'impression de sentir l'odeur de la suie et n'avait aucune intention de repasser par la cheminée. Il préférait tenter sa chance avec l'ascenseur. Il se dirigea droit vers l'armure, dont l'alcôve dissimulait la porte. On devait forcément pouvoir l'ouvrir de là, grâce à une commande quelconque.

Il lui fallut dix minutes pour la trouver : trois boutons étaient cachés dans la plaque de poitrine de l'armure. Même de près, ils semblaient en faire partie depuis toujours. Dès qu'il pressa le bouton central, l'armure se mit en mouvement. Elle s'ouvrit en deux et Alex pénétra dans l'ascenseur.

Cette fois, il appuya sur S-S. La descente lui parut interminable. On aurait dit que l'ascenseur s'enfonçait dans les profondeurs de la terre. Enfin la porte se rouvrit. Elle donnait au milieu d'un corridor incurvé, dont les parois couvertes de carrelage évoquaient un peu une station de métro. Il faisait très froid. Le corridor était éclairé d'ampoules nues, fixées à intervalles réguliers dans le plafond. Alex avança la tête, et recula aussitôt. Un garde était assis à une table, à une extrémité du couloir. Il lisait un journal et ne semblait pas avoir entendu la porte de l'ascenseur s'ouvrir. Alex se pencha à nouveau. Le garde était plongé dans la page des sports. Il n'avait pas bougé. Alex sortit sur la pointe des pieds et s'engagea dans l'autre partie du couloir. Il atteignit un angle et tourna dans un autre passage, bordé de portes d'acier. Il n'y avait personne en vue.

À quoi servait ce sous-sol ? Il devait s'y passer quelque chose, sinon il n'y aurait pas eu de garde. Alex s'approcha de la première porte. Un judas était percé au milieu. Il y colla l'œil et découvrit une cellule blanche, avec deux couchettes, une cuvette de W.-C. et un lavabo. Deux garçons l'occupaient. L'un d'eux lui était inconnu, mais l'autre était Tom

McMorin, le rouquin. Or, Alex venait de l'apercevoir dans la classe de latin, quelques minutes auparavant ! Que faisait-il ici ?

Il alla à la porte suivante. Là aussi, la cellule était occupée par deux garçons. Le premier était blond, assez beau, avec des yeux bleus et des taches de rousseur. L'autre était James Sprintz. Alex examina la porte. Il y avait deux verrous, mais pas de serrure. Il tira les verrous et actionna la poignée. La porte s'ouvrit.

James se leva d'un bond.

— Alex ! Qu'est-ce que tu fais ici ?

Alex referma la porte.

— Nous n'avons pas beaucoup de temps, dit-il à voix basse. (Il chuchotait, bien que le garde ait peu de chance de les entendre.) Que t'est-il arrivé ?

— Ils sont venus me chercher avant-hier soir. Ils m'ont arraché de mon lit et traîné dans la bibliothèque. Il y avait une sorte d'ascenseur...

— Derrière l'armure.

— Oui. Je ne comprenais rien. Je croyais qu'ils allaient me tuer. Ensuite ils m'ont enfermé ici.

— Tu es là depuis deux jours ?

— Oui.

— Impossible. Je t'ai vu dans la salle à manger il y a un quart d'heure à peine.

— Ils ont fait des... sosies, intervint pour la première fois l'autre garçon. (Il avait l'accent américain.) Ils en font un de chacun de nous ! J'ignore comment et pourquoi, mais c'est la vérité. (Il fixa la porte d'un regard haineux et ajouta :) Je suis ici depuis des mois. Je m'appelle Paul Roscoe.

— Roscoe ? Ton père est...

— Michael J. Roscoe. »

Alex se tut. Il n'avait pas le courage de lui dire que son père était mort, et il détourna les yeux, craignant de se trahir.

— Comment as-tu réussi à arriver jusqu'ici ? demanda James.

— Écoute, dit Alex précipitamment. J'ai été envoyé ici par le MI 6. Mon nom n'est pas Alex Friend, mais Alex Rider. Tout va bien se passer, ne t'inquiète pas. Le MI 6 va venir et vous serez tous libérés.

— Toi ? Tu es un... espion ?

James était hébété.

— Plus ou moins, dit Alex.

— Puisque tu as ouvert la porte, on peut sortir ! dit Paul Roscoe en se levant, déjà prêt à partir.

— Non ! Vous devez patienter. On ne peut pas s'enfuir par la montagne. Restez ici pour l'instant, je reviendrai avec les secours. Je vous en donne ma parole. C'est le seul moyen.

— Je n'en peux plus..

— Si. Il le faut, Paul. Fais-moi confiance. Je vais devoir vous enfermer afin que personne ne s'aper-

200

çoive de ma visite. Mais ce ne sera pas long. Je reviendrai !

Ce n'était pas le moment de discuter. Alex recula vers la porte et l'ouvrit.

Mme Stellenbosh se tenait sur le seuil.

Abasourdi, il eut tout juste le temps de lever un bras pour se protéger et d'esquisser un mouvement de karaté. Mais il était trop tard. La main de Mme Stellenbosh jaillit et lui assena un coup de paume en plein visage. Il eut l'impression de percuter un mur de briques. Tout son corps vibra sous le choc. Puis il s'évanouit.

13

Comment diriger le monde

— Ouvre les yeux, Alex. Le Dr Grief voudrait te parler.

Les mots venaient d'ailleurs, de l'autre côté de l'océan. Alex grogna et essaya de soulever sa tête. Il était assis, les bras ligotés derrière le dos. Tout un côté de son visage était endolori, gonflé, et il avait un goût de sang dans la bouche. Il ouvrit les yeux et attendit que les contours de la pièce se précisent. Mme Stellenbosh se dressait devant lui, une main reposant mollement dans l'autre. Alex se rappela la violence du coup qui l'avait assommé. Tout son crâne en vibrait encore. Il passa la langue sur ses dents pour vérifier si aucune ne manquait. Heureusement, il avait roulé en arrière sous l'impact, sinon elle lui aurait brisé le cou.

Le Dr Grief était assis dans son fauteuil en bois doré, et l'observait avec une sorte de curiosité, ou bien du dégoût. Ou peut-être les deux. Ils n'étaient que tous les trois. Dehors, il neigeait encore, et un feu de bois brûlait dans l'âtre. Mais les flammes n'étaient pas aussi rouges que les yeux du Dr Grief.

— Tu nous as causé bien des désagréments, Alex.

Alex redressa la tête et tenta de remuer les mains, mais elles étaient solidement attachées derrière le dossier de sa chaise.

— Ton nom n'est pas Alex Friend. Tu n'es pas le fils de Sir David. Tu t'appelles Alex Rider et tu es à la solde des Services secrets britanniques.

Le Dr Grief énonçait simplement des faits. Aucune émotion ne perçait dans sa voix.

— Nous avons des micros cachés dans les cellules, expliqua Mme Stellenbosh. Il est parfois utile d'entendre les conversations de nos pensionnaires. Le garde a entendu tout ce que tu as dit et m'a prévenue.

— Tu nous as fait perdre du temps et de l'argent, reprit le Dr Grief. Tu seras puni pour cela. Et tu ne survivras pas à ta punition.

La sentence était froide, implacable. Alex sentit

la peur s'emparer de lui, s'insinuer dans ses veines. Il prit une profonde respiration et se força à se maîtriser. Il avait alerté le MI 6. Les secours n'allaient pas tarder. Ils pouvaient intervenir d'une minute à l'autre. Il devait juste gagner du temps.

— Vous ne pouvez rien me faire.

Mme Stellenbosh réagit aussitôt. Le tranchant de sa main s'abattit sur le côté de la tête d'Alex et le projeta en arrière. Seule la chaise l'empêcha de s'effondrer.

— Quand tu t'adresses à M. le directeur, tu dois l'appeler « docteur Grief ».

Les yeux pleins de larmes, Alex regarda autour de lui.

— Vous ne pouvez rien me faire, docteur Grief. Je sais tout. Je suis au courant du projet Gemini, et j'ai déjà tout raconté à Londres. Si vous me faites du mal, ils vous tueront. Ils sont déjà en route.

Le Dr Grief sourit et Alex comprit que rien de ce qu'il pourrait dire ne changerait sa décision. Grief était trop sûr de lui. Il était comme un joueur de poker qui non seulement a vu les jeux de ses adversaires, mais a aussi raflé les quatre as.

— Il est possible que tes amis soient en route, mais je ne crois pas que tu leur aies tout raconté. Nous avons fouillé tes bagages et trouvé l'émetteur dissimulé dans le baladeur CD. J'ai aussi découvert qu'il pouvait servir de scie électrique. Très astucieux. Toutefois l'émetteur ne peut envoyer qu'un signal, pas un message. Ce que tu sais du projet Gemini ne m'intéresse pas. Je présume que tu as entendu ce nom en écoutant aux portes. Nous aurions dû être plus discrets. Mais nous ne pouvions pas imaginer que l'Intelligence Service enverrait un enfant.

» Donc, supposons que tes amis viennent faire un tour ici. Ils ne trouveront rien d'anormal. Tu auras disparu et je leur expliquerai que tu t'es enfui. Que mes hommes sont encore à ta recherche mais que je redoute que tu ne sois mort de froid dans la montagne. Personne ne devinera ce que j'ai réalisé ici. Le projet Gemini réussira. Il a *déjà* réussi. Et même si tes amis décident de me tuer, cela ne servira à rien. On ne peut pas m'éliminer, Alex. Le monde m'appartient.

— Vous voulez dire qu'il appartient aux garçons que vous avez engagés comme doublures, dit Alex.

— Engagés ?

Le Dr Grief dit quelques mots à Mme Stellenbosh dans une langue dure et gutturale. Alex supposa que c'était de l'afrikaans[1]. Les lèvres épaisses de Mme Stellenbosh se fendirent dans un sourire qui découvrit ses grosses dents décolorées.

---

1. Langue des premiers colons d'Afrique du Sud, originaires des Pays-Bas.

— Tu crois vraiment que je les ai engagés ? reprit le Dr Grief

— Je les ai vus.

— Tu ne sais pas ce que tu as vu. Tu ne comprends rien à mon génie ! Ton petit esprit est incapable de mesurer ce que j'ai accompli. (Le Dr Grief respirait bruyamment. Il parut prendre une décision.) « Il est assez rare pour moi de me trouver face à un ennemi. C'est une frustration de ne pouvoir expliquer au monde la grandeur de mon œuvre. Mais puisque tu es ici – et un public attentif, si j'ose dire –, je vais m'offrir le luxe de t'exposer les détails du projet Gemini. Ainsi, quand tu iras vers la mort, effaré et hurlant, tu comprendras que tout est perdu pour toi et tes amis. Que tu ne pouvais pas affronter un homme tel que moi et gagner. Cela te rendra peut-être les choses plus faciles.

— Si vous le permettez, docteur Grief, j'aimerais fumer, intervint Mme Stellenbosh.

Elle sortit un paquet de cigares de sa poche et en alluma un. La fumée dansa devant ses yeux.

— Comme tu l'as sans doute compris, Alex, je suis originaire d'Afrique du Sud, poursuivit le Dr Grief. Les animaux empaillés dans le hall et dans cette pièce sont des souvenirs de là-bas. Je les ai tués en safari. Mon pays me manque encore. C'est le plus bel endroit qui existe sur Terre.

» Ce que tu ignores, c'est que j'étais un des plus

brillants biochimistes d'Afrique du Sud. J'étais à la tête du département de biologie à l'université de Johannesburg. Ensuite j'ai dirigé l'Institut de la recherche génétique à Pretoria. Mais j'ai atteint l'apogée de ma carrière dans les années soixante, alors que j'étais encore très jeune, quand le Premier ministre, John Vorster, m'a nommé ministre de la Recherche scientifique...

— Vous m'avez dit que vous alliez me tuer, pas que vous alliez me faire mourir d'ennui, ironisa Alex.

Mme Stellenbosh s'approcha, le poing serré. Le Dr Grief l'arrêta.

— Laissez ce garçon s'amuser un peu, madame Stellenbosh. Il souffrira bien assez ensuite.

L'assistante fusilla Alex du regard.

— Si je te raconte tout cela, Alex, reprit le Dr Grief, c'est seulement pour t'aider à comprendre. Tu ne connais sans doute rien sur l'Afrique du Sud. Les écoliers anglais sont les plus paresseux et les plus ignorants du monde. Mais je vais remédier à cela. Laisse-moi te parler un peu de mon pays, tel qu'il était pendant ma jeunesse.

» Les Blancs dirigeaient tout. Grâce à un ensemble de lois qui fut par la suite dénommé « apartheid », les Noirs n'avaient pas le droit de vivre près des Blancs, de se marier avec eux, d'aller dans les mêmes toilettes, les mêmes restaurants, les mêmes bars ni les mêmes centres sportifs. Ils devaient avoir un laissez-passer. Ils étaient traités comme du bétail.

— Écœurant, grommela Alex.

— Merveilleux, murmura Mme Stellenbosh.

— Absolument parfait, renchérit le Dr Grief. Mais, au cours des années, j'ai pris conscience que cela ne durerait pas. Avec les soulèvements de Soweto, la résistance croissante et la façon dont le reste du monde, y compris ton infect pays, s'est ligué contre nous, j'ai compris que l'Afrique du Sud blanche était condamnée. J'ai même prévu le jour où le pouvoir tomberait entre les mains d'un homme tel que Nelson Mandela.

— Un criminel ! s'exclama Mme Stellenbosh.

Alex ne dit rien. Il était clair que le Dr Grief et son assistante étaient fous. Et cela devenait plus limpide encore à mesure qu'il parlait.

— En étudiant le monde, je me suis rendu compte à quel point il devenait faible et pathétique, poursuivit le Dr Grief. Comment un pays tel que le mien pouvait-il être confié à des gens incapables de le gouverner ? Et pourquoi les autres nations étaient-elles si déterminées à ce qu'il en soit ainsi ? Je me suis aperçu que les Américains et les Européens étaient devenus stupides et laxistes. La chute du Mur de Berlin n'a fait qu'empirer les choses. J'avais toujours admiré les Russes, mais ils ont vite été contaminés par le même virus. Pour finir, j'en ai conclu que, si, moi, je dirigeais le monde, il serait plus fort et meilleur.

— Pour vous peut-être, mais pas pour les autres, objecta Alex.

Grief l'ignora. Derrière ses lunettes rouges, ses yeux étincelaient.

— Peu d'hommes ont caressé le rêve de mener le monde. Il y a eu Hitler, Napoléon, et peut-être aussi Staline. De grands hommes ! Des hommes remarquables ! Toutefois, diriger le monde au XXIe siècle exige davantage qu'une puissance militaire. Notre planète est devenue extrêmement complexe. Où réside le véritable pouvoir ? Dans la politique, bien sûr. Mais aussi dans l'industrie, la science, les médias, le pétrole, Internet... La vie moderne est une vaste tapisserie, et si l'on veut en prendre le contrôle, il faut tenir tous les fils.

» C'est ce que j'ai décidé de faire, Alex. Et c'est grâce à ma situation unique dans ce pays exceptionnel qu'était autrefois l'Afrique du Sud que j'ai tenté l'aventure. (Grief prit une profonde inspiration et ajouta :) Que sais-tu de la transplantation nucléaire ?

— Rien du tout. Vous l'avez dit, je ne suis qu'un écolier anglais. Paresseux et ignorant.

— Il existe un autre terme. Le clonage. Tu en as entendu parler ?

Alex faillit éclater de rire.

— Vous voulez dire... comme la brebis Dolly ?

— Cela peut te sembler une plaisanterie, Alex. De la pure science-fiction. Mais voilà plus de cent ans que les savants cherchent à créer des répliques parfaites d'eux-mêmes. *Clone* vient d'un mot grec qui signifie « brindille ». Une brindille grandit, puis se dédouble pour devenir deux branches. C'est exactement ce qu'on a réalisé avec les lézards, les oursins, les têtards, les grenouilles et, bien entendu, le 5 juillet 1996, avec un mouton. La théorie de la transplantation nucléaire est assez simple. Elle consiste à prélever le noyau cellulaire d'un embryon et à le remplacer par celui prélevé sur un adulte. Je ne t'ennuierai pas avec les détails, Alex. Mais ce n'est pas une facétie. Dolly est la copie parfaite d'une brebis qui était morte six ans plus tôt. Elle est le résultat d'une centaine d'années d'expérimentations. Pendant tout ce temps, les chercheurs ont partagé un seul rêve. Cloner un humain adulte. Or, j'ai accompli ce rêve !

Il s'interrompit un instant.

— Si vous attendez des applaudissements, il faudra m'enlever mes menottes.

— Je ne veux pas d'applaudissements, gronda Grief. Pas de toi. Ce que je veux, c'est ta vie... et je la prendrai.

— Qui avez-vous cloné ? Pas Mme Stellenbosh, j'espère. Un seul exemplaire d'elle suffit amplement.

— Imbécile ! Je me suis cloné moi-même ! (Le Dr Grief saisit les accoudoirs de son fauteuil. Un roi sur un trône imaginaire.) J'ai commencé mes travaux il y a vingt ans, quand j'étais ministre de la Recherche scientifique. J'avais tout le matériel et l'argent dont j'avais besoin. Et puis c'était l'Afrique du Sud ! Les règles qui entravent les autres savants du monde ne s'appliquaient pas à moi. Je pouvais utiliser des cobayes humains – des prisonniers politiques – pour mes expériences. Tout était fait en secret. J'ai travaillé sans relâche pendant vingt ans. Une fois prêt, j'ai détourné une importante somme d'argent public et je suis venu ici.

» C'était en 1981. Six ans plus tard, près de dix ans avant qu'un savant anglais étonne le monde en clonant une brebis, j'ai réalisé un exploit infiniment plus extraordinaire. Ici, à Pointe Blanche. Je me suis cloné moi-même. Et pas seulement une fois ! Seize fois. J'ai conçu seize sosies de moi-même. Avec mon physique, mon intelligence, mon ambition et ma volonté.

— Et aussi votre folie ? lança Alex.

Il fléchit sous le coup que Mme Stellenbosh lui assena dans l'estomac. Mais il voulait les mettre en colère. Une personne en colère commet des erreurs.

212

— Au début, ce n'étaient que des bébés, dit le Dr Grief. Seize bébés de seize mères, elles-mêmes biologiquement négligeables. Ils ont grandi. J'ai dû attendre quatorze ans pour les voir devenir des adolescents, parfaites répliques de moi-même. Eva les a tous élevés. Tu en as rencontré certains...

— Tom, Cassian, Nicolas, Hugo, Joe. Et James...

Alex comprenait maintenant pourquoi, à leur manière, les élèves de Pointe Blanche se ressemblaient tellement.

— Est-ce que tu saisis, Alex ? As-tu idée de ce que j'ai réalisé ? Je ne mourrai jamais car, lorsque mon cœur aura cessé de battre, je survivrai en eux. Je suis eux et ils sont moi. Nous sommes une personne unique. (Il sourit à nouveau.) Eva Stellenbosh m'assiste depuis toujours. Avant de me rejoindre, elle avait travaillé dans notre service de renseignements, où elle était chargée des interrogatoires...

— Le bon temps ! sourit Mme Stellenbosh.

— Nous avons fondé Pointe Blanche ensemble. Car, vois-tu, c'était la deuxième partie de mon plan. Créer seize copies de moi-même ne suffisait pas. Te rappelles-tu ma comparaison avec la tapisserie ? Je devais réunir les fils, les tisser...

— Pour les remplacer par vos clones !

Soudain tout devenait clair. C'était complètement dément. Mais c'était la seule explication plausible.

Le Dr Grief hocha la tête.

— J'ai observé depuis longtemps que les familles riches et puissantes ont souvent des enfants... perturbés. Des parents qui n'ont pas de temps à consacrer à leurs enfants. Des enfants qui n'aiment pas leurs parents. Ces enfants sont devenus mes cibles, Alex. Car ils possédaient ce que je voulais.

» Hugo Vries, par exemple. Un jour, son père lui léguera cinquante pour cent du marché mondial des diamants. La mère de Tom McMorin possède des journaux sur tous les continents. Le père de Joe Canterbury est au Pentagone, et sa mère sénateur. Quel meilleur tremplin pour entrer en politique ? Qui sait ? peut-être pour devenir président des États-Unis. J'ai remplacé quinze des garçons les plus prometteurs par mes clones. Bien entendu, j'ai dû modifier ceux-ci grâce à la chirurgie, pour qu'ils ressemblent aux originaux.

— Baxter, que vous avez tué...

— Bravo, Alex. Tu as bien travaillé. (Pour la première fois, le Dr Grief parut surpris.) En effet, le défunt M. Baxter était chirurgien. Je l'ai rencontré à Londres. Il avait des dettes de jeu. Il m'a été facile de le tenir en laisse. Son travail consistait à opérer ma « famille », à modifier leur visage, leur couleur de peau, et si nécessaire leur corps, afin qu'ils ressemblent trait pour trait aux adolescents dont ils allaient prendre la place. Dès l'instant où les vrais pensionnaires arrivaient à Pointe Blanche, on les mettait sous surveillance...

— Depuis des chambres identiques situées au troisième étage.

— Exact. Mes doubles pouvaient ainsi observer leur modèle sur des écrans de télévision. Copier leurs moindres gestes, apprendre leurs manies, leur façon de manger, de parler. Bref, se substituer à eux.

— Jamais ça ne marchera ! s'emporta Alex. (Il se trémoussa sur son siège, mais ses liens trop serrés l'empêchaient de bouger.) Les parents s'apercevront que les enfants que vous leur renvoyez ne sont pas les leurs ! Une mère sait reconnaître son fils !

Mme Stellenbosch gloussa de rire. Elle venait d'éteindre son cigare et en alluma un autre.

— Tu te trompes, Alex, dit le Dr Grief. Il s'agit là de parents très occupés, qui travaillent beaucoup et consacrent peu ou pas de temps à leurs enfants. Et, s'ils les envoient ici, c'est précisément parce qu'ils aspirent à une modification de leur comportement. Ils espèrent que, à leur retour de Pointe Blanche, leurs rejetons seront plus sages, plus gentils, plus intelligents, plus sûrs d'eux. Ils seraient très déçus de les voir revenir inchangés.

» Et la nature est de notre côté, ajouta le Dr Grief. Quand un adolescent s'éloigne de chez lui pendant deux ou trois mois, il change physiquement. Il grandit, mincit ou grossit. Même sa voix se modifie. C'est la pleine puberté. En retrouvant leur fils, les parents s'exclament : « Bon sang, Tom, comme tu as grandi ! » Ils n'ont aucun soupçon. En fait, ils s'inquiéteraient si le garçon n'avait pas évolué.

— Mais Michael Roscoe, lui, a eu un doute, n'est-ce pas ?

Cette fois, toute la lumière était faite. Il avait la réponse que cherchait le MI 6 en l'envoyant à Pointe Blanche. Il savait pourquoi Roscoe et Ivanov étaient morts.

— Dans deux cas seulement, les parents n'ont pas marché, admit le Dr Grief. Michael J. Roscoe à New York, et le général Viktor Ivanov à Moscou. Aucun d'eux n'a deviné la vérité, mais les choses se passaient très mal. Ils se querellaient en permanence avec leur fils, posaient trop de questions.

— Et les fils vous ont fait leur rapport.

— Il serait plus exact de dire que je me le suis fait à moi-même, rectifia le Dr Grief. Après tout, eux c'est moi. Mais tu as raison. Michael J. Roscoe a eu des soupçons et il a téléphoné au MI 6, à

Londres. Je suppose que c'est ce qui t'a conduit jusqu'ici, pour ton malheur. J'ai payé l'exécution de Roscoe et d'Ivanov, et je pensais ne plus avoir de problèmes. Deux échecs sur seize, ce n'est pas catastrophique. D'ailleurs ça ne modifie en rien mes plans. En un sens, cela m'a même aidé. Michael J. Roscoe a légué sa fortune à son fils, et je crois savoir que le président de Russie s'intéresse personnellement au jeune Dimitri Ivanov depuis la mort de son père.

» En bref, le projet Gemini est une grande réussite. Dans quelques jours, les derniers garçons quitteront Pointe Blanche pour prendre leur place au sein de leur famille. Une fois que je serai assuré de leur bonne intégration, je devrai éliminer les originaux. Ils mourront sans souffrir.

» Tu n'auras pas cette chance, Alex Rider. Tu m'as causé trop d'ennuis. Je me propose de faire de toi un exemple. (Le Dr Grief plongea la main dans sa poche et en sortit un petit instrument qui ressemblait à un bip. Il pressa sur un bouton.) Quel est le premier cours de la matinée, demain, Eva ?

— Biologie.

— C'est bien ce que je pensais. Tu as peut-être déjà assisté à des leçons de biologie où l'on dissèque une grenouille ou un rat, Alex ? Depuis quelque temps, mes chers petits demandent à voir une dissection humaine. Cela ne me surprend pas. J'en ai personnellement vu une quand j'avais quatorze ans. Demain matin, à neuf heures trente, leur vœu sera exaucé. Tu seras conduit dans le laboratoire et nous t'ouvrirons le ventre pour examiner tes entrailles. Tu ne seras pas anesthésié et il sera intéressant de voir combien de temps tu tiens avant que ton cœur lâche. Ensuite, bien entendu, nous disséquerons ton cœur.

— Vous êtes malade ! hurla Alex. (Il se débattit violemment sur sa chaise dans l'espoir de la casser et de libérer ses menottes. Mais c'était inutile. Le métal lui sciait les poignets. La chaise oscilla mais resta d'un seul morceau.) Vous êtes complètement cinglé !

— Je suis un savant ! s'écria Grief en crachant ses mots. C'est pour cela que je t'offre une mort scientifique. Au moins, pendant tes dernières minutes, tu me serviras à quelque chose. Emmenez-le et fouillez-le, ajouta-t-il en direction de la porte. Ensuite, enfermez-le pour la nuit. Je le verrai demain matin à la première heure.

Alex n'avait pas entendu les gardes entrer. Ils le saisirent, défirent ses menottes et le traînèrent à reculons hors de la pièce. Il vit le Dr Grief étendre les mains au-dessus du feu de bois pour les réchauffer et les flammes se refléter dans ses lunettes. Mme Stellenbosch sourit et souffla un rond de fumée.

Puis la porte claqua sur eux et Alex fut entraîné dans le couloir. Il savait que le service des opérations spéciales était en chemin... mais arriverait-il à temps ?

14

Piste noire

La cellule mesurait deux mètres sur quatre et contenait une couchette sans matelas et une chaise. La porte était en acier. Quand on l'avait enfermé, Alex avait entendu une clé tourner dans la serrure. On ne lui avait rien donné à boire ni à manger. Il faisait froid et il n'y avait pas de couverture.

Heureusement, les gardes lui avaient enlevé ses menottes. Ils l'avaient fouillé d'une main experte et emporté tout ce qu'ils avaient trouvé dans ses poches. Ils lui avaient également confisqué sa ceinture et ses lacets. Le Dr Grief craignait peut-être qu'il se pende. Il voulait Alex sain et sauf pour sa leçon de biologie.

Il était environ deux heures du matin, mais Alex n'avait pas fermé l'œil. Il avait essayé de chasser de son esprit le récit terrifiant de Grief. Pour l'instant, il y avait plus important. Il savait qu'il devait s'évader avant neuf heures et demie le lendemain matin car, que cela lui plaise ou non, il en était réduit à se débrouiller seul. Plus de trente-six heures s'étaient écoulées depuis qu'il avait envoyé le signal de détresse, et sans aucun résultat. Soit l'émetteur n'avait pas fonctionné, soit le MI 6, pour une raison quelconque, avait décidé de ne pas le secourir. Bien sûr, une intervention était encore possible avant le petit déjeuner. Mais Alex ne tenait pas à courir le risque. Il fallait fuir. Cette nuit.

Pour la énième fois, il alla s'agenouiller devant la porte et tendit l'oreille. Il était au sous-sol, dans un couloir différent de celui des autres prisonniers. Bien que tout se soit passé très vite, il avait fait de son mieux pour repérer le chemin quand les gardes l'avaient traîné ici. À gauche en sortant de l'ascenseur, un croisement, puis au bout d'un second corridor, la porte du fond. Il était isolé. En écoutant attentivement à travers la porte, il avait acquis la certitude qu'aucun garde n'était posté derrière.

Le moment était propice. C'était le milieu de la nuit. Quand ils l'avaient fouillé, les gardes ne lui avaient pas tout pris. Aucun d'eux n'avait prêté attention à son clou d'or à l'oreille. « Un explosif petit mais très puissant », avait expliqué Smithers. Séparer le clou de sa fixation pour activer le détonateur, et compter jusqu'à dix. On pouvait percer un trou dans n'importe quel matériau...

L'heure était venue d'en faire l'expérience.

Alex ôta le clou de son oreille et inséra les deux parties dans le trou de la serrure. Puis il recula et compta jusqu'à dix.

Rien. Le dispositif était-il endommagé, comme l'émetteur ? Il allait abandonner lorsque soudain se produisit un éclair, une langue de feu orange. Mais, par chance, aucune explosion. La flamme étincela pendant environ cinq secondes avant de s'éteindre. Alex approcha de la porte. Le clou d'or y avait creusé un trou de la taille d'une pièce de monnaie. Le métal rougeoyait encore. Il poussa le battant. La porte s'ouvrit.

Il éprouva un élan de jubilation, mais s'efforça de le refréner. Il pouvait sortir de sa cellule, mais il était toujours dans le sous-sol de Pointe Blanche. Les gardes fourmillaient dans toute l'école. Il était au sommet d'une montagne, sans skis et sans route praticable. Il n'était pas encore tiré d'affaire, loin de là.

Il se faufila dans le couloir, résistant à l'envie d'aller libérer les autres prisonniers. Non seulement cela ne servirait à rien, mais cela les mettrait en danger. Il parvint à retrouver l'ascenseur et fut étonné de ne pas apercevoir le garde à son poste. Soit l'homme était allé se faire du café, soit Grief avait relâché la surveillance dans le manoir. Alex et les autres étant sous les verrous, il n'y avait plus personne à garder. Du moins c'est ce qu'ils croyaient. Alex avait la chance de son côté.

Il entra dans l'ascenseur et monta au premier étage. Avant de s'aventurer dans la montagne, il devait passer par sa chambre. Grief avait inspecté toutes ses affaires, mais qu'en avait-il fait ? Alex longea silencieusement le couloir faiblement éclairé et se glissa dans sa chambre. Tout était là, en tas, sur le lit. La combinaison de ski, les lunettes, et même le baladeur CD avec le disque de Beethoven. Il poussa un soupir de soulagement. Il aurait besoin de tout son attirail.

Son plan était déjà établi. Il ne pouvait pas descendre la montagne à skis, car il ignorait où les skis étaient rangés. Mais il existait d'autres moyens de se déplacer sur la neige. Tout à coup, Alex se figea. Un garde marchait dans le couloir. Donc, tout le monde ne dormait pas. Il lui fallait faire vite. Dès qu'ils découvriraient son évasion de la cellule, l'alarme serait déclenchée.

Il attendit que le garde se fût éloigné, puis courut dans la buanderie, à quelques portes de là. Il en ressortit avec un objet plat et long en aluminium léger, qu'il rapporta dans sa chambre. Il ferma la porte et alluma la lampe de chevet. Le garde risquait d'apercevoir la lumière en revenant, mais Alex ne pouvait travailler dans le noir. C'était un risque à courir.

L'objet subtilisé dans la buanderie était une planche à repasser.

Alex n'avait fait du snow-board que trois fois dans sa vie. La première fois, il avait passé presque toute la journée à tomber ou à rester sur les fesses. Le snow-board est beaucoup plus difficile à apprendre que le ski, mais dès qu'on arrive à se tenir dessus, on va très vite. Au bout du troisième jour, il avait appris à manœuvrer sur les pentes réservées aux débutants. Faute de matériel adéquat, la planche à repasser ferait l'affaire.

Il prit le baladeur CD et l'alluma. Le CD de Beethoven commença à tourner et se mit en position de scie. Alex fit un rapide calcul, puis s'attaqua à la coupe. La planche à repasser était trop grande. Plus un snow-board est long, plus il va vite, mais une longueur excessive rend tout contrôle impossible. La planche à repasser était plate. Sans bord incurvé à l'avant – le nez, comme disent les spécialistes –, il serait à la merci de la moindre bosse ou de la moindre racine. Mais il n'y pouvait rien. Il plaça le tranchant du CD sur le métal et appuya. Avec soin, il découpa une courbe. Près de la moitié de la planche tomba. Il souleva la moitié restante et l'examina. Elle lui arrivait à la poitrine, avec une extrémité effilée et l'autre arrondie. Parfait.

Ensuite il découpa les supports de la planche à repasser, mais garda des morceaux de six centimètres de long. En temps normal, un surfeur ne peut manœuvrer qu'avec de bonnes fixations. Or, Alex n'avait rien : ni chaussures spéciales, ni sangles, ni cales pour ses talons. Il allait devoir improviser. Il déchira deux bandes de drap de lit, puis enfila sa combinaison de ski. Il comptait attacher l'une de ses chaussures aux sections de supports qu'il avait laissés dépasser. C'était horriblement dangereux. S'il tombait, il se casserait la cheville.

Tout était prêt. Il remonta la fermeture à glissière de sa combinaison. Smithers lui avait affirmé qu'elle était à l'épreuve des balles, et il se dit que cela lui serait probablement utile. Il passa le cordon des lunettes autour de son cou. La barre de la fenêtre n'avait pas été réparée. Il laissa tomber la planche à l'extérieur, et suivit le même chemin.

C'était une nuit sans lune. Alex trouva le bouton dissimulé dans la monture des lunettes et l'actionna. Il y eut un léger bourdonnement quand la batterie s'activa, et, aussitôt, le flanc de la montagne se mit à luire d'un vert irréel. Il put distinguer nettement les arbres et la piste de ski abandonnée.

Une fois arrivé en haut de la piste, il posa la planche et utilisa les bandelettes de drap pour y fixer un de ses pieds. Prudemment, il se mit en position comme le lui avait appris le moniteur : son pied droit tourné à quarante degrés, son pied gauche à vingt degrés. Autrement dit « en canard ». Normalement, il aurait dû faire l'inverse, mais il n'avait pas le temps de peaufiner la technique. Il se redressa et réfléchit. Jusqu'à présent, il n'avait emprunté que des pistes vertes ou bleues, réservées aux skieurs débutants ou peu entraînés. Or, il savait par James que celle-ci était une piste noire, pour skieurs très expérimentés. Y arriverait-il ? Pouvait-il se fier à ses capacités ?

Tout à coup, une sirène d'alarme hurla derrière lui. Sans plus réfléchir, Alex poussa sur son pied d'élan et se laissa glisser. Sa vitesse augmenta rapidement. Désormais, quoi qu'il arrive, il ne pourrait faire marche arrière.

Le Dr Grief, vêtu d'une longue robe de chambre gris argent, se tenait devant la fenêtre ouverte de la chambre d'Alex. Mme Stellenbosh portait elle aussi une robe de chambre, en soie rose, hideuse, qui pendouillait sur son corps massif. Trois gardes les encadraient, attendant les ordres.

— Qui a fouillé Alex ? questionna le Dr Grief,

qui avait vu le trou percé dans la porte de la cellule.

Aucun des gardes n'osa répondre. Ils étaient livides.

— Nous réglerons cela demain, poursuivit le Dr Grief. Pour l'instant, l'important est de le retrouver et de le tuer.

— Il a dû partir à pied dans la montagne, dit Mme Stellenbosh. Il n'a pas de skis. Il n'y arrivera pas. Attendons que le jour se lève, nous irons le chercher avec l'hélicoptère.

— Je crois que ce garçon est plus inventif que nous ne l'imaginions, dit le Dr Grief en ramassant les débris de la planche à repasser. Vous voyez ? Il s'est confectionné une sorte de luge. Bon... (Il avait pris sa décision, et Mme Stellenbosh fut ravie de le voir recouvrer sa confiance.) Je veux deux hommes à sa poursuite en motoneige. Tout de suite !

L'un des gardes se rua hors de la chambre.

— Et l'équipe de surveillance au pied de la montagne ? suggéra Mme Stellenbosh.

— Très juste.

Le Dr Grief sourit. Il conservait en permanence un garde et un chauffeur au bout de la dernière vallée, pour le cas où un fugitif parviendrait à s'enfuir de l'école à skis. Cette précaution allait s'avérer payante.

— Quel que soit son moyen de locomotion,

Alex aboutira obligatoirement dans le val de Fer, et devra franchir la voie ferrée. Il suffit d'installer une mitrailleuse pour l'accueillir. À supposer qu'il parvienne jusque-là, il se transformera en cible de stand de tir.

— Excellent, ronronna Mme Stellenbosh.

— J'aurais préféré le regarder mourir, mais tant pis. Il n'a aucune chance. Nous pouvons retourner nous coucher.

Alex avait la sensation de planer dans l'espace, et de foncer tout droit vers une mort certaine. En langage de surfeur des neiges, il prenait le vent. Autrement dit, il avait quitté le sol. Tous les dix mètres environ, il décollait ainsi, et, pendant cinq ou six mètres, la montagne disparaissait. Tout tournoyait autour de lui. Le vent lui fouettait le visage. Sans savoir comment, il arriva dans l'axe de la portion de piste suivante et poursuivit sa descente infernale. Il glissait à une vitesse terrifiante. Les arbres et les rochers qui défilaient étaient des ombres vertes et floues dans ses lunettes de vision nocturne. D'une certaine manière, les pentes abruptes étaient plus faciles. Il avait tenté un atterrissage sur une partie plate pour ralentir sa vitesse, mais il avait heurté le sol avec une telle violence qu'il avait failli s'évanouir.

La planche à repasser vibrait et tressautait follement. Il lui fallait user de toutes ses forces pour négocier les virages. Alex essayait bien de suivre la pente naturelle de la montagne, mais trop d'obstacles se dressaient en travers. Le plus redoutable était la neige fondue. Si la planche se posait sur une partie boueuse à cette vitesse, il serait éjecté et se tuerait. Or, plus il descendait, plus les risques de rencontrer de la neige fondue augmentaient.

Jusqu'à présent il n'avait fait que deux chutes, et dans d'épaisses congères qui avaient amorti le choc. Combien de temps tiendrait-il encore ? Il essaya de se rappeler les paroles de James, mais à cette vitesse réfléchir était impossible. Il avait besoin de toute sa concentration pour se maintenir debout.

Il atteignit un petit rebord où la surface était régulière, et effectua un dérapage contrôlé pour s'arrêter un instant. Devant lui, la pente était vertigineuse. C'est à peine s'il osait regarder. Des petits bouquets d'arbres la bordaient à droite et à gauche. Le reste se perdait dans un brouillard vert. Les lunettes ne portaient pas aussi loin.

C'est alors que, tout à coup, un bruit s'éleva en amont. Le rugissement de deux moteurs au moins. Alex jeta un coup d'œil en arrière et, pendant un instant, ne vit rien. Puis il les distingua : deux mouches noires qui entraient dans son champ de vision et fonçaient vers lui.

Les hommes de Grief étaient juchés sur des

motoneiges Yamaha spécialement adaptées, équi-
pées de moteurs de 700 CC. Les engins paraissaient
voler sur la neige, cinq fois plus vite qu'Alex et sans
le moindre effort. Leurs phares puissants l'avaient
déjà épinglé. Les deux hommes accélérèrent encore
pour réduire la distance.

Alex s'élança vers la pente. Au même instant, il
y eut un claquement, puis toute une série de détonations lointaines, et la neige se mit à bondir et
voler autour de lui. Les motos étaient munies de
mitraillettes ! Alex ne put retenir un cri. Il avait un
mal fou à garder le contrôle de la planche. La sangle
improvisée lui cisaillait la cheville. Tout vibrait. Il
ne voyait rien. Il ne pouvait que continuer en
essayant de conserver son équilibre, et espérer que
la voie était dégagée.

Les phares de la première Yamaha bondirent
derrière lui, et Alex vit sa propre ombre s'allonger
sur la neige. Il y eut un autre claquement. Il se
baissa instinctivement, avec l'impression de sentir
les balles lui frôler la tête. La seconde moto surgit
de l'autre côté et vint à sa hauteur. Il devait impé-
rativement quitter cette piste s'il ne voulait pas être
abattu ou écrasé. Ou les deux.

Il effectua un virage en catastrophe et obliqua
vers une trouée qu'il avait aperçue entre des arbres.
Maintenant il fonçait à travers une forêt. Les troncs
et les branches défilaient de part et d'autre comme

des animations en accéléré d'un jeu vidéo. La question était de savoir si les motoneiges pourraient le suivre. La réponse ne tarda pas : une nouvelle rafale déchiqueta des branches tout près de lui. Il chercha un passage plus étroit. La planche tressauta et il faillit être éjecté tête la première. La couche de neige s'amincissait ! Il vira vers deux gros arbres, et passa de justesse au milieu. Qu'ils le suivent !

La motoneige n'avait pas le choix. Elle était sortie de la piste et allait beaucoup trop vite. Le conducteur essaya de suivre Alex, mais son engin était trop large. Alex entendit la collision. Un choc terrible, un cri, puis une explosion. Une boule de feu orange bondit au-dessus des arbres, projetant des ombres noires qui dansaient follement sur la neige. Devant lui, Alex aperçut une nouvelle butte et, derrière, une autre trouée dans les arbres. Il était temps de quitter la forêt.

Il décolla de la butte et, une fois encore, prit le vent. Alors qu'il était à deux mètres au-dessus du sol, il vit la deuxième motoneige qui l'avait rattrapé. Ils restèrent côte à côte un instant. Alex profita d'un nouveau décollage pour se pencher et saisir le nez de sa planche, puis, d'un mouvement brusque, il la fit pivoter. Il avait parfaitement calculé son coup. L'arrière de la planche frappa le motard à la tête. L'homme poussa un cri et perdit le contrôle de sa machine. La motoneige fit une embardée, comme pour effectuer un virage à angle droit irréalisable, et bondit en l'air en tournant sur elle-même. Le motard fut éjecté et il poussa un cri horrible quand la motoneige acheva sa dernière culbute avant de retomber sur lui. L'homme et sa machine s'enfoncèrent dans la neige et ne bougèrent plus. Alex atterrit lourdement sur le sol et s'arrêta en dérapage. La buée qui lui sortait de la bouche formait un nuage vert devant ses yeux.

Une seconde plus tard, il repartit. Au loin il distinguait les pistes qui convergeaient vers une seule vallée. Probablement le goulot baptisé « le val de Fer ». Il avait réussi ! Il était arrivé au pied de la montagne. Mais maintenant il était pris au piège. Il n'y avait pas d'autre issue possible. Dans le lointain scintillaient les lumières de la ville. La sécurité. Cependant il apercevait aussi la voie ferrée qui traversait la vallée de part en part, protégée des deux côtés par un remblai et une clôture de barbelés. D'un côté, la voie de chemin de fer sortait de la bouche d'un tunnel, puis elle courait sur une centaine de mètres en ligne droite, avant un virage assez accentué menant vers l'autre versant, derrière lequel elle disparaissait.

Les deux hommes dans la camionnette grise virent Alex glisser vers eux. Ils stationnaient sur le bord d'une route, de l'autre côté des rails. Cela faisait quelques minutes à peine qu'ils attendaient et n'avaient pas vu l'explosion. Ils s'étonnaient de ne pas apercevoir les motoneiges, mais ce n'était pas leur problème. Ils avaient l'ordre de tuer le garçon. Et le voilà qui apparaissait en terrain dégagé, négociant habilement la fin de la piste noire. Chaque seconde le rapprochait d'eux. Il ne pouvait leur échapper. Leur mitraillette était une FN MAG belge, capable de couper en deux n'importe qui.

Alex aperçut la camionnette et la mitraillette pointée sur lui. Il était trop tard pour s'arrêter ou changer de direction. Il avait réussi une longue course, mais maintenant il était perdu. Il sentit ses forces l'abandonner. Où était le MI 6 ? Pourquoi devait-il mourir, ici, seul ?

Soudain, un grondement déchira le silence : un train venait de sortir du tunnel. C'était un convoi de marchandises, qui roulait lentement. Trente wagons au moins, tirés par une locomotive Diesel, et formant un mur mouvant entre Alex et la mitraillette. Une protection inespérée, mais qui ne durerait que quelques secondes. Il devait agir vite.

Sans même réfléchir, il obliqua vers un dernier monticule de neige et s'en servit comme d'un tremplin de saut. Grâce à sa vitesse, il s'éleva très haut, au niveau du train... puis au-dessus. D'un mouvement brusque du corps, il parvint à se laisser tomber sur le toit d'un wagon. Une couche de glace le recouvrait et il crut qu'il allait glisser de l'autre côté, mais il parvint à virer, comme s'il surfait sur les toits des wagons, sautant de l'un à l'autre, tandis que le train l'emportait, loin de la mitraillette.

Il avait réussi ! Il leur avait échappé ! Il glissait toujours, et la vitesse du train ajoutait à la sienne. Aucun snow-boarder n'était jamais allé aussi vite. Mais lorsque le train atteignit la courbe et se déporta vers la gauche, la force centrifuge propulsa Alex sur la droite. Il décolla à nouveau. L'ennui, c'est qu'il n'y avait plus de neige pour amortir sa chute.

Il heurta le sol comme une poupée de chiffon. La planche s'arracha de son pied et poursuivit sa trajectoire. Alex rebondit deux fois avant de percuter la clôture de barbelés, et s'immobilisa.

Ses yeux étaient fermés. Du sang coulait d'une profonde entaille dans sa tête.

Le train disparut dans la nuit.

Alex ne bougeait plus.

15

Après les funérailles

L'ambulance dévalait à toute allure l'avenue Maquis-de-Grésivaudan dans le nord de Grenoble, en direction de la rivière. À cinq heures du matin, il n'y avait pratiquement pas de circulation et la sirène était inutile. Juste avant la rivière, l'ambulance s'engagea dans un grand complexe de bâtiments modernes et laids, qui était le deuxième hôpital de la ville, et s'arrêta devant le service des urgences. Des infirmiers sortirent aussitôt en courant.

Un peu plus loin, Mme Jones descendit de sa voiture de location et regarda le corps inerte que l'on sortait de l'ambulance sur un brancard. Il avait déjà un goutte-à-goutte dans un bras et un masque à oxygène sur le visage. Sur les hauteurs, il neigeait, mais en ville, il tombait un vilain crachin qui luisait dans la nuit sur les trottoirs. Un médecin en blouse blanche était penché sur le blessé. Il soupira et secoua la tête. Mme Jones vit tout cela. Elle traversa la rue et suivit le brancard à l'intérieur.

Un homme mince aux cheveux coupés ras, vêtu d'un pull noir et d'un anorak, avait lui aussi observé la scène. Il remarqua Mme Jones sans savoir qui elle était. Il prit son téléphone mobile. Le Dr Grief devait être informé...

Trois heures plus tard, le jour s'était levé. Grenoble est une grande ville moderne, que les belles montagnes environnantes s'efforcent de faire paraître attrayante. Par une journée humide et nuageuse comme celle-ci, elles n'y réussissaient pas.

Une voiture s'arrêta devant l'hôpital et Eva Stellenbosh en descendit. Elle portait un tailleur à carreaux gris et blancs, avec un chapeau perché sur ses cheveux roux et un sac à main en cuir. Pour une fois, elle s'était maquillée. Mais en dépit de ses efforts pour paraître élégante, on aurait dit un travesti.

Elle entra dans le hall de l'hôpital et s'approcha de la réception. Une jeune secrétaire était assise derrière une rangée de téléphones et d'écrans d'ordinateurs.

— Excusez-moi, dit Mme Stellenbosh. J'ai appris qu'un jeune garçon a été admis ici ce matin. Son nom est Alex Friend.

— Un instant, je vous prie. (La secrétaire pianota le nom sur un clavier. Quand l'information apparut sur l'écran, elle prit un air affligé.) Puis-je vous demander qui vous êtes ?

— Je suis l'assistante du directeur de l'école de Pointe Blanche. Alex Friend est l'un de nos élèves.

— Êtes-vous au courant de la gravité de ses blessures, madame ?

— On m'a dit qu'il avait eu un accident de snow-board, répondit Mme Stellenbosh en sortant un petit mouchoir de son sac pour se tamponner les yeux.

— Il a voulu descendre la montagne en pleine nuit et a percuté un train. Son état est très sérieux, madame. Les chirurgiens sont en train de l'opérer.

Mme Stellenbosh hocha la tête, ravalant ses larmes.

— Je m'appelle Eva Stellenbosh. Puis-je attendre ici pour connaître le résultat de l'opération ?

— Bien sûr, madame.

Mme Stellenbosh s'assit dans le hall. Pendant plusieurs heures, elle regarda les gens entrer et sortir, certains sur leurs jambes, certains dans des fauteuils roulants. D'autres personnes attendaient des nouvelles de leurs proches. Parmi celles-ci, Mme Stellenbosh remarqua notamment une femme à l'air austère, avec des cheveux noirs assez mal coupés et des yeux très noirs. Une Anglaise, visiblement, qui de temps à autre essayait de lire quelques lignes du *Times*.

Enfin une porte s'ouvrit et un chirurgien apparut. Les médecins affichent une expression particulière quand ils vous apportent de mauvaises nouvelles. C'était le cas.

— Madame Stellenbosh ?

— Oui.

— Vous êtes la directrice de l'école...

— Directrice adjointe.

Le chirurgien s'assit à côté d'elle.

— Je suis désolé, madame. Alex Friend est mort il y a quelques minutes. (Il lui laissa quelques secondes pour accuser le choc avant de lui fournir des précisions.) Il avait des fractures multiples. Aux bras, à la clavicule et à la jambe. Ainsi qu'un traumatisme crânien. Nous l'avons opéré mais il avait fait une importante hémorragie interne. Il est tombé dans le coma et nous n'avons pas pu le ranimer.

Mme Stellenbosh bafouilla :

— Je... je dois tout de suite avertir sa famille... qui est à l'étranger.

— Il n'est pas français ?

— Non. Anglais. Son père... Sir David Friend... Il faut que je le prévienne. (Elle se leva.) Merci, docteur. Je suis sûre que vous avez fait le maximum.

Du coin de l'œil, Mme Stellenbosh vit que la femme aux cheveux noirs s'était levée, elle aussi, laissant tomber son journal. Elle avait entendu leur conversation et paraissait sous le choc.

Les deux femmes quittèrent l'hôpital en même temps.

L'avion qui attendait sur la piste d'envol était un Lockheed Martin C-130 Hercule. Il avait atterri peu après midi. Trois véhicules roulaient dans sa direction : une voiture de police, une Jeep et une ambulance.

L'aéroport Saint-Geoirs de Grenoble reçoit peu de vols internationaux, cependant celui-ci venait d'Angleterre. De l'autre côté de la clôture d'enceinte, Mme Stellenbosh observait la piste avec de puissantes jumelles. Une petite escorte militaire s'était formée. Quatre hommes portant un uniforme français avaient soulevé un cercueil qui semblait tristement petit sur leurs larges épaules. Le cercueil était très simple, en sapin, avec des poignées argentées. Un drapeau de l'Union Jack[1] plié en carré reposait dessus.

Marchant au pas, les soldats transportèrent le cercueil vers l'avion. Mme Stellenbosh ajusta ses jumelles et reconnut la femme qu'elle avait vue à l'hôpital. Celle-ci était arrivée dans la voiture de police. Après avoir assisté au chargement du cercueil dans l'avion, elle remonta dans la voiture, qui s'en alla. Maintenant Mme Stellenbosh savait qui elle était. Le Dr Grief, grâce à ses dossiers très complets, l'avait identifiée comme Mme Jones, bras droit d'Alan Blunt, chef des opérations spéciales du MI 6.

Mme Stellenbosh attendit jusqu'à la fin. On ferma les portes de l'avion, la Jeep et l'ambulance s'éloignèrent, puis les moteurs de l'avion vrombirent et l'appareil alla se mettre en position sur la piste. Quelques minutes plus tard, il décolla. Dans le ciel, les nuages s'ouvrirent comme pour l'accueillir. Un bref instant, les ailes argentées étincelèrent sous le soleil, puis l'édredon de nuages se referma sur lui.

Mme Stellenbosh composa un numéro sur son téléphone mobile.

— Le petit salaud s'est envolé, annonça-t-elle à son correspondant.

---

1. Drapeau britannique.

Elle remonta dans sa voiture et s'éloigna.

En quittant l'aéroport, Mme Jones retourna à l'hôpital et monta au deuxième étage. Elle franchit une porte, gardée par un policier qui la salua d'un signe de tête. De l'autre côté, un couloir menait à une aile réservée. Elle s'approcha d'une porte, également gardée, et entra sans frapper.

Alex Rider était debout devant la fenêtre et contemplait la vue sur Grenoble et l'Isère. Dans le ciel, au-dessus de lui, cinq bulles de verre et d'acier glissaient lentement sur un câble, transportant des touristes au fort de la Bastille. Il se retourna à l'entrée de Mme Jones. Hormis un bandage autour de la tête, il semblait indemne.

— Tu as de la chance d'être en vie, constata Mme Jones.

— Je me croyais mort.

— Espérons que Grief le croira aussi. (Malgré elle, Mme Jones ne pouvait masquer l'inquiétude qui se lisait dans ses yeux.) C'est un vrai miracle. Tu aurais dû au moins te casser quelque chose.

— La combinaison de ski m'a protégé. (Alex essaya de se rappeler son vol plané.) Il y avait des buissons et la clôture m'a littéralement happé. C'est grâce à elle que je m'en suis sorti. (Il se frotta la jambe et fit la grimace.) Malgré les barbelés.

Il revint vers le lit et s'assit. Après avoir été examiné par les médecins, il avait reçu des vêtements propres. Curieusement, c'était une tenue militaire. Pantalon et veste de treillis. Il espérait qu'il n'y avait là aucun mauvais présage.

— J'ai trois questions à vous poser, madame Jones. Commençons par la plus importante. Je vous ai envoyé un signal il y a deux jours. Où étiez-vous ?

— Je suis navrée, Alex. Nous avons eu des problèmes... logistiques.

— Ah oui ? Eh bien, pendant que vous régliez vos problèmes logistiques, le Dr Grief se préparait à me découper en rondelles !

— On ne pouvait pas lancer un assaut sur l'école ! Tu risquais d'être tué. Nous devions agir en douceur. Essayer de découvrir ce qui se passait. Comment crois-tu que nous t'avons retrouvé si vite ?

— C'était ma deuxième question.

— Dès que nous avons reçu ton signal de détresse, des hommes à nous se sont postés dans la montagne. Ils surveillaient Pointe Blanche. Ils ont entendu les détonations quand les motoneiges te pourchassaient, et ils t'ont suivi à skis. Ils ont vu ce qui s'est passé avec le train et ont appelé des secours.

— Très bien. Maintenant je voudrais savoir quel est le but de cette mise en scène avec le cercueil. Pourquoi faire croire à Grief que je suis mort ?

— C'est très simple, Alex. D'après ce que tu nous as dit, il garde prisonniers quinze garçons, afin de leur en substituer d'autres. J'avoue que c'est la chose la plus invraisemblable que j'aie jamais entendue. Si ce n'était pas toi, je n'y croirais pas une seconde.

— Vous êtres trop bonne, marmonna Alex.

— Si Grief pensait que tu as survécu, il s'empresserait de tuer ses prisonniers. Ou alors il les utiliserait comme otages. Pour avoir une chance de le prendre par surprise, il doit te croire mort.

— Le prendre par surprise ?

— Nous allons passer à l'action ce soir. Je te l'ai dit, nous avons posté une section d'attaque à Grenoble. Ils sont montés hier soir dans la montagne, et sont prêts à intervenir dès la nuit tombée. Ils sont armés et entraînés. (Mme Jones hésita une seconde puis reprit :) Une seule chose leur manque.

— Laquelle ? demanda Alex, mal à l'aise tout à coup.

— Une personne qui connaît les lieux. La bibliothèque, l'ascenseur secret, la position des gardes, les cellules...

— Pas question ! s'exclama Alex. (Maintenant il comprenait la raison des vêtements militaires.) N'y pensez même pas. Je ne retournerai pas là-bas. J'ai failli me faire tuer en m'évadant. Vous me prenez pour un idiot ?

— On veillera sur toi, Alex. Tu seras en parfaite sécurité...

— Non !

— Bon, d'accord, dit Mme Jones. Je comprends tes sentiments. Mais il y a quelqu'un que je voudrais te présenter.

Comme à un signal, on frappa à la porte et un jeune homme entra, vêtu d'une tenue de combat. Athlétique, des cheveux noirs, des épaules carrées, le regard en alerte.

Il contempla Alex un long moment et secoua la tête.

— Eh bien, en voilà une surprise ! Comment ça va, Louveteau ?

Alex le reconnut aussitôt. C'était un soldat dont le surnom était Loup. Lorsque le MI 6 l'avait envoyé dans le camp d'entraînement du S.A.S.[1], au pays de Galles, Loup était chef de sa section. Si l'entraînement avait été un enfer, Loup l'avait rendu pire encore. Il avait même failli faire expulser Alex du camp. Pour finir, c'était Loup qui avait évité de justesse de perdre sa place au S.A.S., et ceci grâce à lui. Mais Alex ne comprenait toujours pas la raison de sa présence dans sa chambre d'hôpital.

---

1. *Special Air Service* : commando d'intervention, équivalent du G.I.G.N. français.

— Loup !

— Il paraît que tu as eu des petits ennuis. Excuse-moi, j'ai oublié les fleurs.

— Qu'est-ce que tu fais ici ?

— On m'a demandé d'aller nettoyer ce que tu as laissé derrière toi.

— Où étais-tu pendant qu'on me tirait dessus dans la montagne ?

— Tu t'es bien débrouillé sans moi, apparemment.

— Alex a fait un travail formidable, intervint Mme Jones. Mais il reste encore quinze jeunes prisonniers à Pointe Blanche, et notre priorité est de les sauver. Selon les renseignements fournis par Alex, nous savons qu'une trentaine d'hommes armés gardent l'école. Le seul moyen de délivrer les prisonniers est d'envoyer un commando cette nuit. (Mme Jones se tourna vers Alex et ajouta :) C'est Loup qui dirigera l'attaque.

Les soldats du S.A.S. n'utilisent jamais leur grade lorsqu'ils sont en mission. Aussi Mme Jones prenait-elle soin d'appeler Loup par son nom de code.

— Quel est le rôle du petit ? demanda celui-ci.

— Il connaît les lieux, il connaît la position des gardes et l'emplacement des cellules. Il vous montrera l'accès à l'ascenseur et...

— Je préfère qu'il nous explique tout maintenant, l'interrompit Loup. Nous n'avons pas besoin d'un gamin dans nos pattes. Il serait une charge supplémentaire. Et puis c'est dangereux. Nous allons là-bas à skis. Il risque d'y avoir des blessés. Je ne veux pas immobiliser un de mes hommes pour qu'il lui tienne la main...

— Je n'ai pas besoin qu'on me tienne la main ! protesta Alex, furieux. Mme Jones a raison. Je connais Pointe Blanche mieux qu'aucun de vous. J'y suis resté enfermé, et j'ai réussi à m'en évader... sans votre soutien. Je connais aussi certains des garçons emprisonnés. L'un d'eux est mon ami. J'ai promis de l'aider et je le ferai.

— Pas si tu te fais tuer.

— Je suis tout à fait capable de veiller sur moi.

— Bon, c'est d'accord ! conclut Mme Jones. Alex vous guidera à l'intérieur du manoir, mais il ne prendra aucune part au reste de l'opération. Quant à sa sécurité, Loup, je vous en tiens personnellement responsable.

— Personnellement responsable, grommela Loup. Entendu.

Alex ne put réprimer un sourire. Il avait tenu bon contre Loup et obtenu d'accompagner le commando. Puis, tout à coup, son sourire s'effaça et la vérité lui apparut. Quelques minutes plus tôt, il s'était violemment défendu contre cette idée. Au lieu d'insister, Mme Jones l'avait habilement manipulé.

— D'accord, Louveteau, dit Loup. Tu es du voyage. Allons nous amuser un peu.

— Ouais, c'est ça, Loup. Allons nous amuser, soupira Alex, un peu vexé.

16

Raid de nuit

Ils descendaient la montagne à skis. Ils étaient sept. Loup en tête, Alex à son côté, les cinq autres derrière. Ils avaient enfilé des combinaisons blanches – un camouflage qui leur serait très utile dans la neige. Un hélicoptère les avait déposés à deux kilomètres au nord, et deux cents mètres en amont de Pointe Blanche. Grâce à leurs lunettes de vision nocturne, ils avaient rapidement parcouru la distance qui les séparait du manoir. Le mauvais temps s'était calmé. Il ne neigeait plus et la lune brillait. Malgré son appréhension, Alex apprécia la balade, le bruissement des skis sur la neige glacée, la montagne déserte baignée d'une lumière blanche. Il faisait partie d'une section d'élite du S.A.S. et se sentait en sécurité.

Mais quand il vit le manoir apparaître en contrebas, il frissonna. Avant de partir, il avait réclamé une arme. Loup avait refusé.

— Désolé, Louveteau. Ce sont les ordres. Tu nous guides à l'intérieur, et ensuite tu te planques.

Deux lumières brillaient dans le manoir. L'hélicoptère était tapi sur sa plate-forme comme un insecte argenté. Le tremplin de saut se dressait à côté, noir et désolé. Il n'y avait personne en vue. Loup leva la main et le groupe s'arrêta.

— Les gardes ? murmura-t-il.

— Deux en faction, dont un sur le toit, répondit Alex.

— Débarrassons-nous d'abord de celui-là.

Mme Jones avait donné des instructions précises. Ne verser le sang qu'en cas de nécessité absolue. La mission consistait à délivrer les prisonniers. Le S.A.S. s'occuperait plus tard du Dr Grief et de Mme Stellenbosch.

Loup tendit la main et l'un des hommes lui passa quelque chose. C'était une arbalète, non pas un de ces instruments utilisés au Moyen Âge, mais une arme sophistiquée ultramoderne, dotée d'un canon en aluminium et d'un viseur laser. Il le chargea d'une fléchette paralysante, et visa sa cible. Alex le vit sourire. L'index de Loup pressa la détente et le trait fendit la nuit, à une vitesse de cent mètres à la seconde. Il y eut un bruit léger sur le toit du manoir. Comme une toux. Loup abaissa son arme.

— Un de moins, dit Loup.

— Oui, grommela Alex. Plus que vingt-neuf.

Au signal de Loup, le groupe repartit, mais plus lentement. Ils étaient à une vingtaine de mètres de l'école lorsqu'ils virent s'ouvrir la porte principale et deux gardes sortir, mitraillette à l'épaule. Comme un seul homme, les commandos obliquèrent à droite. Arrivés au pied du mur du manoir, ils se jetèrent à plat ventre. Deux d'entre eux s'étaient portés légèrement en avant. Alex les vit déchausser leurs skis au moment même où ils s'arrêtaient.

Les gardes approchèrent, conversant tranquillement en allemand. Alex était tapi dans la neige. La combinaison de camouflage le rendait invisible. Il leva légèrement la tête, juste à temps pour voir deux silhouettes se dresser tels des fantômes de leur tombe. Deux matraques s'abattirent, et les gardes s'effondrèrent. En quelques secondes, ils furent traînés à couvert et bâillonnés. Cette nuit, ils n'iraient nulle part.

Loup leva de nouveau la main. Ses hommes se relevèrent et s'élancèrent vers l'entrée principale. Alex ôta vivement ses skis et les suivit. Ils atteignirent la porte en file indienne, le dos plaqué contre le mur. Loup jeta un coup d'œil pour s'assurer que la voie était libre.

Ils pénétrèrent dans le grand hall, avec la cheminée aux dragons et les têtes d'animaux empaillées. Alex indiqua brièvement à Loup la topographie des lieux en pointant le doigt vers les différentes pièces.

— La bibliothèque ? chuchota Loup (il avait le visage tendu, entièrement concentré sur l'action).

— Là-bas.

Loup fit un pas, puis s'accroupit. Sa main fila dans une des poches de sa veste. Un autre garde faisait sa ronde dans le couloir. Visiblement le Dr Grief ne prenait plus aucun risque. Loup attendit que le garde fût passé, puis fit un signe de la tête. Un de ses hommes bondit. Il y eut un choc sourd et le cliquetis d'une arme sur le sol.

— Jusque-là, tout va bien, souffla Loup.

Ils gagnèrent la bibliothèque. Alex montra à Loup le système de commande de l'ascenseur et Loup émit un petit sifflement en voyant l'armure s'ouvrir en deux.

— Pas mal, chuchota-t-il.

— Tu veux monter ou descendre ?

— Descendre. Allons voir si les gosses vont bien.

La cabine de l'ascenseur était juste assez grande pour les recevoir tous les sept. Alex avait prévenu Loup qu'un garde était posté non loin de l'ascenseur, et le chef de la section ne prit aucun risque. Il sortit de l'ascenseur l'arme au poing. En réalité, il y avait deux gardes. L'un tenait une tasse de café, l'autre allumait une cigarette. Loup tira deux fois. Deux fléchettes anesthésiantes traversèrent la courte section de couloir et atteignirent leurs cibles. Là encore, tout s'était déroulé dans un silence presque total. Les deux gardes s'affaissèrent. Le commando s'engouffra dans le couloir.

Soudain, Alex s'aperçut qu'il avait omis de préciser un détail à Loup. Il était furieux contre lui-même.

— On ne peut pas entrer dans les cellules. Il y a un système de surveillance sonore.

— Montre-moi, dit Loup.

Alex le guida dans le couloir bordé de portes blindées. Loup fit signe à un de ses hommes.

— Reste ici. Si nous sommes découverts, c'est le premier endroit où viendra Grief.

L'homme hocha la tête. Il avait compris. Les autres rebroussèrent chemin vers l'ascenseur et remontèrent dans la bibliothèque, puis vers le hall.

— Nous allons désactiver l'alarme, expliqua Loup à Alex. As-tu une idée de l'endroit où... ?

— Par ici, le coupa Alex. Les appartements de Grief sont de l'autre côté...

Mais avant qu'il ait pu terminer sa phrase, trois gardes apparurent dans le couloir. Loup tira sur le premier une fléchette paralysante, ses hommes abattirent les deux autres. Malheureusement, cette fois, ils avaient réagi une seconde trop tard. L'un des gardes eut le temps de lever sa mitraillette. Il était déjà probablement inconscient lorsque son doigt se crispa sur la détente. Une volée de balles arrosa le plafond du couloir, faisant gicler des éclats de plâtre et de bois. Personne ne fut touché, mais le mal était fait. Toutes les lumières s'allumèrent et la sirène d'alarme se déclencha.

Vingt mètres plus loin, dans le couloir, une porte s'ouvrit et d'autres gardes surgirent.

— Baissez-vous ! ordonna Loup.

Il avait déjà sorti une grenade. Il la dégoupilla et la lança. Alex se plaqua au sol. Une seconde plus tard, il y eut une petite explosion et un nuage de gaz lacrymogène envahit le fond du couloir. Les gardes titubèrent, aveuglés et impuissants. Les hommes du S.A.S. les abattirent aussitôt.

Loup attira Alex contre lui et cria :

— Trouve un autre endroit où te cacher. Tu nous as fait entrer, maintenant laisse-nous faire.

— Donne-moi une arme.

Un peu de gaz avait dérivé jusqu'à eux et il sentait ses yeux le piquer.

— Non. J'ai des ordres. Au premier pépin, il faut te mettre à l'abri. Trouve une cachette sûre. Nous viendrons te chercher après.

— Loup... !

Mais celui-ci s'était déjà élancé. Alex entendit des détonations de mitraillette monter du sous-sol. Loup avait eu raison. Grief avait immédiatement envoyé un garde s'occuper des prisonniers, et celui-ci avait rencontré l'homme du S.A.S. Maintenant, les règles avaient changé. Le commando ne pouvait plus risquer la vie des prisonniers. Le sang allait couler. Alex en était réduit à imaginer la bataille sans y prendre part. Sa mission à lui était de se cacher.

Il y eut d'autres explosions, d'autres coups de feu. Un peu amer, Alex avait battu en retraite vers l'escalier. C'était typique du MI 6. Tantôt on se moquait qu'il soit tué, tantôt on le traitait comme un enfant.

Soudain, un garde surgit en courant, attiré par les coups de feu. Alex avait encore les yeux brouillés par le gaz lacrymogène, mais il s'y était habitué. Il leva la main devant son visage en faisant semblant de pleurer. Le garde ne vit qu'un garçon en larmes. Il commit l'erreur d'hésiter. Alex pivota sur sa jambe gauche et projeta son pied droit dans le ventre du garde – un coup connu sous le nom de *mawashi geri* en karaté. Son adversaire n'eut même pas le temps de crier. Ses yeux se révulsèrent et il s'effondra. Alex se sentit tout ragaillardi.

Cependant il n'avait pas grand-chose d'autre à

faire pour s'occuper. Il entra dans la salle à manger, d'où il pourrait, par les fenêtres, surveiller le côté du manoir et la plate-forme de l'hélicoptère. Il s'aperçut que les pales de l'appareil tournaient. Quelqu'un était aux commandes. Il se rapprocha de la fenêtre. C'était le Dr Grief. Il fallait tout de suite prévenir Loup.

Alex fit demi-tour.

Mme Stellenbosh se dressait devant lui.

Jamais il ne l'avait vue aussi laide, aussi inhumaine. Tout son visage était tordu dans une grimace de fureur. Elle avait les yeux exorbités et le regard étincelant.

— Tu n'es donc pas mort ! Tu es toujours en vie ! (Elle gémissait presque, comme si elle trouvait cela injuste.) Tu les as conduits jusqu'ici. Tu as tout gâché !

— C'est mon boulot, dit Alex.

— Je me demande ce qui m'a poussée à jeter un coup d'œil ici, gloussa Mme Stellenbosh. (Visiblement, le peu de santé mentale qui lui restait était en train de s'envoler.) Je vais au moins pouvoir terminer une partie du travail.

Alex banda ses muscles, pieds écartés, son centre de gravité très bas. Exactement comme on le lui avait appris. Mme Stellenbosh bondit sur lui à une vitesse effrayante. Il eut l'impression d'être renversé par un autobus et poussa un cri. Deux mains énormes le saisirent et le propulsèrent à travers la pièce. Il percuta une table et bascula par-dessus. Mais il parvint à rouler de côté avant que Mme Stellenbosh poursuive son assaut par un coup de pied lancé, qui lui aurait décollé la tête des épaules s'il ne l'avait manquée d'un petit centimètre.

Alex se remit debout, hors d'haleine. Un filet de sang coulait au coin de ses lèvres. Mme Stellenbosh chargea à nouveau. Il prit appui sur une table et fit une rotation du torse en projetant ses deux jambes en avant. Ses talons la frappèrent à la nuque. N'importe qui aurait été assommé par le choc. Mme Stellenbosh vacilla à peine. Au moment où Alex s'écartait de la table, ses deux poings monstrueux s'abattirent dessus et fracassèrent le bois pourtant épais. La table s'effondra. Mme Stellenbosh enjamba les débris et empoigna de nouveau Alex, mais cette fois par le cou. Elle le souleva du sol et, avec un grognement, le projeta contre le mur. Alex hurla. Il crut avoir le dos brisé. Il glissa sur le sol comme une chiffe molle.

Mme Stellenbosh s'arrêta devant lui, le souffle court. D'un coup d'œil à la fenêtre, elle vit que les pales de l'hélicoptère tournaient maintenant à pleine vitesse. Il était temps de partir.

Elle ramassa son sac à main et en sortit un revolver qu'elle pointa sur Alex. Il la regarda sans pouvoir réagir.

259

Mme Stellenbosh sourit.

— Mon boulot à moi, c'est ça.

C'est alors que la porte de la salle à manger s'ouvrit brutalement.

— Alex !

C'était Loup. Il tenait une mitraillette.

Mme Stellenbosh leva son arme et tira trois fois. Chaque balle atteignit sa cible. Loup en reçut une dans l'épaule, une dans le bras et la troisième dans la poitrine. Mais en même temps qu'il basculait en arrière, il ouvrit le feu à son tour. La rafale propulsa Mme Stellenbosh à travers la fenêtre. Elle poussa un cri et bascula, au milieu d'un fracas de verre, dans la nuit et la neige.

Cela redonna à Alex toute son énergie. Il se précipita vers Loup. Celui-ci n'était que blessé. Il avait la respiration rauque.

— Ça va, petit, parvint-il à dire. Je venais te chercher. Content de te voir.

— Loup...

— Ne t'inquiète pas.

Il tapota son torse et Alex s'aperçut qu'il portait un gilet pare-balles sous sa combinaison. Du sang coulait de son bras, mais les deux autres balles ne l'avaient pas touché.

— Grief...

Loup fit un geste et Alex se retourna. L'hélicoptère avait décollé de la plate-forme. Alex eut le temps d'apercevoir le Dr Grief aux commandes de l'appareil. Il tenait une arme, et s'en servit. Il y eut un cri et un corps tomba du toit. C'était un des hommes du commando.

Une rage soudaine saisit Alex. Grief était un monstre. Il était responsable de toute cette folie et il allait s'échapper. Sans réfléchir, Alex saisit l'arme automatique de Loup, enjamba d'un bond la fenêtre cassée, passa devant le cadavre de Mme Stellenbosh et courut dans la nuit. Il visa de son mieux l'hélicoptère dont les pales soulevaient une bourrasque de neige, et fit feu. Rien ne se produisit. Il pressa de nouveau la détente. Toujours rien. Soit Loup avait épuisé tout le chargeur, soit l'arme était enrayée.

Le Dr Grief tira sur le manche et l'hélicoptère commença à s'éloigner. Il était trop tard. Rien ne pourrait l'arrêter.

À moins...

Alex jeta la mitraillette et se mit à courir. Une motoneige attendait devant l'entrée. Son moteur tournait encore. Le conducteur était affalé à plat ventre dans la neige. Alex enfourcha la motoneige et mit les gaz à plein régime. L'engin bondit en avant à la poursuite de l'hélicoptère.

Le Dr Grief l'aperçut. L'hélicoptère ralentit, effectua un demi-cercle et s'immobilisa un instant en l'air. Grief agita la main en signe d'adieu.

Alex aperçut ses lunettes rouges, ses doigts maigres levés dans un dernier geste de défi. Agrippé au guidon de la motoneige, Alex se mit debout sur les cale-pieds. Il savait ce qu'il devait faire. L'hélicoptère se remit en mouvement et gagna de l'altitude. Devant Alex, le tremplin de saut se dressait dans l'obscurité. La motoneige filait à soixante-dix, quatre-vingts kilomètres à l'heure. Le vent et la neige lui fouettaient le visage. Bientôt la barrière de bois s'interposa.

Alex la défonça et s'éjecta de la motoneige.

Celle-ci plongea vers le tremplin, son moteur hurlant.

Alex roula, roula, roula dans la neige et la glace, avant de s'arrêter enfin.

La motoneige avait atteint l'extrémité du tremplin.

Alex la vit s'élancer dans les airs.

Dans l'hélicoptère, le Dr Grief eut juste le temps de voir le projectile de 225 kilos d'acier foncer vers lui dans la nuit, phares allumés et moteur vrombissant. Ses yeux, derrière les lunettes rouges, s'agrandirent d'effroi.

L'explosion illumina toute la montagne. La motoneige transformée en fusée avait atteint sa cible avec une précision parfaite. L'hélicoptère disparut dans une énorme boule de feu et tomba à pic. Il brûlait encore lorsqu'il percuta le sol.

Alex prit conscience que les coups de feu avaient cessé. La bataille était terminée. Il revint lentement vers le manoir, frissonnant de froid. En approchant, il vit une silhouette dans l'encadrement de la fenêtre cassée de la salle à manger qui lui faisait un signe de la main. C'était Loup. Il s'appuyait contre le chambranle, mais il était vivant. Alex le rejoignit.

— Et Grief ? demanda Loup.

— Il est parti faire une promenade en traîneau.

Sur le flanc de la montagne, les débris de l'hélicoptère brûlèrent jusqu'à l'aube.

17

Le sosie

Quelques jours plus tard, Alex était assis en face d'Alan Blunt, dans le bureau anonyme de Liverpool Street. Mme Jones tripotait un bonbon à la menthe. C'était le 1er Mai, jour férié, mais il n'y avait jamais de vacances à la Banque royale & générale. Et si le soleil brillait dehors, à l'intérieur tout était sombre. Même le printemps semblait s'arrêter à la fenêtre.

— Une fois encore, nous avons une dette envers toi, Alex, dit Alan Blunt.

— Vous ne me devez rien.

Blunt sembla sincèrement intrigué.

— Pourtant, tu as probablement changé l'avenir

du monde. Le plan de Grief était certes monstrueux et fou, mais il n'en reste pas moins que ses... *rejetons* auraient causé de graves problèmes. Avec les fortunes dont ils auraient hérité, Dieu sait ce qu'ils auraient manigancé si on ne les avait pas démasqués.

— Que leur est-il arrivé ?

— Nous les avons arrêtés tous les quinze et mis sous les verrous, répondit Mme Jones. Ils ont été appréhendés en douceur par les différents Services secrets des pays où ils étaient implantés. Nous nous occuperons d'eux.

Alex frissonna. Il croyait deviner ce que Mme Jones entendait par ces mots, et avait la certitude que personne n'entendrait plus jamais parler des quinze clones de Grief.

— Une fois de plus, nous avons gardé secrète toute cette histoire de... clonage. Si le public l'apprenait, ce serait la panique. Les brebis sont une chose... mais les êtres humains ! (Il toussota.) Les familles impliquées ne souhaitent aucune publicité. Elles sont déjà très heureuses d'avoir récupéré leurs véritables fils. La même discrétion vaut pour toi, Alex. D'ailleurs tu t'es déjà engagé par écrit à respecter le secret défense. Je suis sûr que nous pouvons compter sur toi.

Il marqua une pause, pendant laquelle Mme Jones observa Alex avec attention. Elle s'inquiétait pour lui, sachant ce qui s'était passé à Pointe Blanche, et la mort atroce à laquelle il avait échappé de justesse. Alex n'était plus le même, et cela s'expliquait aisément. Les épreuves l'avaient rendu froid et dur, comme les montagnes enneigées qu'il avait laissées derrière lui.

— Tu t'es très bien débrouillé, Alex.

— Comment va Loup ?

— Bien. Il est encore à l'hôpital mais les médecins disent qu'il sera bientôt sur pied. Nous espérons qu'il reprendra du service dans les prochaines semaines.

— Tant mieux.

— L'opération nous a coûté un seul homme. Celui que tu as vu tomber du toit. Et deux blessés. Sinon, c'est un succès total. Tu as d'autres questions ?

— Non. (Alex se leva.) Vous m'avez laissé tomber, là-bas. Je vous ai envoyé un signal de détresse et vous n'êtes pas venus. Grief allait me tuer, mais ça vous était égal.

— Ce n'est pas vrai, Alex ! protesta Mme Jones, en cherchant un soutien auprès de Blunt, qu'elle ne trouva pas. Nous avons eu un contretemps et...

— Peu importe. De toute façon, j'en ai assez. Je ne veux plus être espion. Si vous m'appelez encore, je refuserai. Vous croyez pouvoir me faire chanter, mais j'en sais trop maintenant. Vous ne pouvez rien contre moi. (Il se dirigea vers la porte et ajouta :) Au début, je pensais que ce serait excitant d'être un espion... comme au cinéma. Mais vous vous êtes seulement servis de moi. D'une certaine manière, vous êtes tous les deux aussi diaboliques que Grief. Vous ne reculez devant rien pour obtenir ce que vous voulez. Je veux retourner à l'école et reprendre une vie normale. La prochaine fois, oubliez-moi.

Après son départ, un long silence s'installa.

— Il reviendra, dit enfin Alan Blunt.

— Vous croyez ?

— Il est trop doué pour ce travail. Il a ça dans le sang. C'est assez étrange. La plupart des collégiens rêvent d'être un espion, et nous avons un espion qui rêve d'être collégien.

— Vous envisagez réellement de l'utiliser à nouveau ? demanda Mme Jones.

— Bien sûr. D'ailleurs, ce matin, nous avons reçu un renseignement très intéressant. Il se passe des choses suspectes dans les montagnes Zagros, en Irak. Alex serait parfait pour cette mission. Laissons-lui un peu de temps pour se reposer, ensuite nous le rappellerons.

— Il refusera.

— C'est ce que nous verrons, dit Blunt.

Alex rentra chez lui en autobus, et retrouva l'élégante maison de Chelsea qu'il partageait avec sa gouvernante et meilleure amie, Jack Starbright. Il lui avait raconté son aventure dans les Alpes, mais ils avaient décidé d'un commun accord de ne plus jamais aborder le sujet de son engagement au MI 6. Jack détestait cette idée et elle s'inquiétait pour lui. D'ailleurs, il n'y avait plus rien à en dire.

Elle parut surprise de le voir.

— Déjà ? Je croyais que tu venais de sortir.

— Non.

— Tu as eu le message ?

— Quel message ?

— M. Bray veut te voir cet après-midi. À quinze heures dans son bureau, au collège.

Henry Bray était le principal de Brookland. Sa convocation n'étonnait pas Alex. Bray était le genre de principal capable de diriger un grand collège et de prendre quand même le temps de s'intéresser à chacun des élèves. Les absences prolongées d'Alex le préoccupaient et il souhaitait avoir un entretien avec lui.

— Tu veux déjeuner ? proposa Jack.

— Non merci.

Alex savait qu'il allait devoir une fois de plus prétendre avoir été malade. Le MI 6 enverrait un certificat médical en temps utile. Mais la pensée de mentir au principal lui coupait l'appétit.

Il partit une heure plus tard, avec son vélo, que la police de Putney avait pris soin de rapporter. Il pédalait tranquillement. C'était bon de se retrouver à Londres, dans la vie normale. Il quitta King's Road pour descendre une rue adjacente où il avait suivi l'homme à la Skoda blanche. Il lui semblait que cela faisait un mois ! Le collège apparut. Il était désert, et le resterait jusqu'à la reprise du troisième trimestre.

En arrivant, Alex aperçut une silhouette qui traversait la cour en direction du portail. C'était le vieux M. Lee, le gardien.

— Encore toi ! s'exclama-t-il en reconnaissant Alex.

— Bonjour, Bernie.

— Tu viens voir M. Bray ?

— Oui.

— Il ne m'a pas averti qu'il serait ici aujourd'hui, dit le gardien en secouant la tête. Il faut dire qu'il ne me tient jamais au courant de rien ! Je vais faire une course. Je serai de retour à cinq heures pour fermer les portes. Alors ne traîne pas trop.

— D'accord, Bernie.

La cour était déserte. Cela faisait un effet bizarre de marcher seul au milieu de ce vaste espace entouré des bâtiments de briques rouges, avec le soleil qui se reflétait dans les fenêtres. Jamais il n'avait vu les lieux si vides et si silencieux. Sur le terrain de jeux, l'herbe paraissait presque trop verte. N'importe quelle école désertée de ses élèves a une atmosphère particulière, et Brookland ne faisait pas exception.

Le bureau de M. Bray était dans le bâtiment D, à côté des salles de sciences. Alex ouvrit la porte battante. Les murs habituellement couverts d'affiches avaient été nettoyés à la fin du trimestre. Tout était nu et blanc. Une deuxième porte s'ouvrait sur le côté. Bernie avait astiqué le laboratoire principal. Il avait laissé son seau et la serpillière dans un coin pour aller faire ses courses – sans doute un paquet de cigarettes. C'était un fumeur invétéré, qui mourrait probablement un mégot aux lèvres.

Alex monta l'escalier, déboucha dans un couloir – à gauche la biologie, à droite la chimie – et continua tout droit. Une galerie, bordée de larges fenêtres des deux côtés, conduisait au bâtiment D. Le bureau de Bray se trouvait juste en face. Alex regretta de ne pas avoir changé de tenue avant de venir. Bray houspillait toujours les garçons qui avaient la cravate de travers ou un pan de chemise dépassant du pantalon. Il portait encore son jean, un T-shirt, un blouson en jean et des tennis. Avec ses cheveux presque rasés, il avait toujours l'air d'un délinquant. De toute façon, il était trop tard, et M. Bray ne l'avait pas convoqué pour discuter de son absence d'élégance, mais plutôt de son absence aux cours.

Il frappa à la porte.

— Entrez ! répondit une voix.

Alex entra dans le bureau du principal, une pièce surchargée de dossiers donnant sur la cour. Derrière le bureau encombré de papiers, le fauteuil en cuir noir tournait le dos à la porte. Une vitrine remplie de trophées ornait un mur. Les autres étaient tapissés d'étagères garnies de livres.

— Vous vouliez me voir, monsieur ?

Le fauteuil pivota lentement.

Alex se figea.

Ce n'était pas M. Bray qui se tenait assis derrière le bureau.

C'était lui-même.

Alex se trouvait face à un adolescent de quatorze ans, avec des cheveux blonds coupés ras, des yeux bruns et un visage mince et pâle. Il portait exactement les mêmes vêtements que lui. Alex mit ce qui lui parut une éternité à accepter ce qu'il voyait. Il était face à son sosie.

Un détail les distinguait, néanmoins. L'autre tenait un revolver.

— Assied-toi, dit-il.

Alex ne bougea pas. Il savait qui il avait devant lui et s'en voulait terriblement de ne pas l'avoir anticipé. À Pointe Blanche, le Dr Grief s'était vanté d'avoir produit seize clones de lui-même. Or, ce matin, Mme Jones avait dit qu'ils les avaient arrêtés « tous les quinze ». Il en restait donc un dans la nature, celui qui devait s'infiltrer dans la famille de Sir David Friend. C'était lui qu'Alex avait aperçu masqué à une fenêtre de Pointe Blanche. Le masque était en réalité des bandages. Le nouvel Alex l'avait espionné tandis qu'il se remettait de la chirurgie plastique qu'on avait pratiquée sur son visage pour le rendre identique à son modèle.

Aujourd'hui même, des détails auraient dû alerter Alex. Affecté par la chaleur, son entrevue au MI 6 ou par ses récentes épreuves, il n'y avait pas prêté attention. L'étonnement de Jack, en le voyant rentrer à la maison : « Déjà ? Je croyais que tu venais juste de sortir. » Puis Bernie, devant la grille : « Encore toi ? »

L'un et l'autre croyaient l'avoir vu un instant plus tôt. Ils n'avaient pas vraiment tort. En fait, ils avaient vu le garçon qui se trouvait à présent assis en face de lui, et qui braquait un revolver sur son cœur.

— J'attendais ce moment avec impatience, dit celui-ci.

Malgré la haine qui perçait dans sa voix, Alex ne put retenir son admiration. La voix n'était pas exactement la sienne, car l'autre n'avait pas eu assez de temps pour s'entraîner, mais, en dehors de cela, c'était un sosie parfait.

— Que fais-tu ici ? demanda Alex. Tout est terminé. Le projet Gemini est à l'eau. Tu ferais mieux de te rendre. Tu as besoin d'aide.

— J'ai besoin d'une seule chose, ricana l'autre. De te voir mort. Je vais te tuer. Et tout de suite. Tu as assassiné mon père !

— Ton père était une éprouvette. Tu n'as jamais eu ni père ni mère. Tu es un monstre. Un objet artisanal fabriqué dans les Alpes... Comme un coucou suisse. Que feras-tu une fois que tu m'auras tué ? Tu prendras ma place ? Ça ne marchera pas une semaine. Tu as beau me ressembler, trop de gens savent ce que Grief essayait de faire. Désolé pour toi, mais c'est comme si tu avais un écriteau marqué *Contrefaçon* autour du cou.

— Nous pouvions tout avoir ! Le monde entier entre nos mains ! éructa le sosie.

Pendant un instant, Alex eut l'impression que Grief rôdait quelque part, se dressant de sa tombe pour lui faire des reproches. En vérité, la créature qui se tenait devant lui *était* Grief... ou du moins une émanation de lui.

— Peu importe ce qui m'arrivera, poursuivit-il. Du moment que tu es mort.

La main qui tenait le revolver se crispa. Alex regarda l'autre droit dans les yeux.

Et il vit une hésitation.

Le faux Alex n'arrivait pas à tirer. Ils étaient trop semblables. Même taille, même corpulence, même visage. C'était comme se tuer soi-même. Alex n'avait pas fermé la porte. Il fit un bond en arrière dans le couloir. À la même seconde, le coup de feu retentit. La balle lui frôla la tête et s'écrasa dans le mur du fond. Alex tomba à la renverse et roula sur le côté à l'instant où la deuxième balle griffait le sol. Il se releva et se mit à courir, cherchant à creuser l'écart entre lui et son double.

Une troisième balle fracassa une fenêtre de la galerie. Alex atteignit l'escalier et dévala les marches quatre à quatre, craignant de trébucher et de se casser une cheville. Mais il arriva en bas sans encombre. Il s'élança d'abord vers la grande porte, puis se ravisa en songeant qu'il ferait une cible idéale au milieu de la cour. Il s'engouffra dans le laboratoire, manquant de justesse s'empêtrer les pieds dans le seau et la serpillière de Bernie.

Le laboratoire était une longue salle rectangulaire, divisée en tables de travail munies de becs Bunsen, de flacons et de bouteilles de produits chimiques. Au fond s'ouvrait une deuxième porte. Alex plongea derrière la table la plus éloignée. Comment savoir si son double l'avait vu entrer ou s'il le cherchait dans la cour ?

Il releva prudemment la tête, et la baissa précipitamment. Quatre balles ricochèrent autour de lui, éclatant le bord de la table. L'un des projectiles atteignit un tuyau de gaz. Il y eut un sifflement, puis un autre coup de feu, et enfin une explosion, qui le projeta en arrière. La dernière balle avait embrasé le gaz qui s'échappait. Des flammes bondirent et léchèrent le plafond. Aussitôt le système d'extincteurs se déclencha, aspergeant toute la salle. Alex battit en retraite à quatre pattes, cherchant un abri derrière le rideau de feu et d'eau. Son dos heurta la seconde porte. Il se redressa. Un nouveau coup de feu claqua, mais il avait déjà franchi la porte et se trouvait dans un couloir, d'où partait un autre escalier.

Or, cet escalier ne menait nulle part. Malheureusement, Alex s'en souvint seulement alors qu'il était déjà à mi-hauteur. On accédait par là à une salle de biologie, à l'extrémité de laquelle un petit escalier en colimaçon conduisait sur le toit. Le collège manquant de verdure, l'administration avait prévu d'y aménager un espace vert, mais les crédits s'étaient épuisés en cours de route et on s'était contenté d'y bâtir deux serres.

Et il n'y avait aucune issue ! Alex jeta un coup d'œil par-dessus son épaule et vit l'autre Alex qui rechargeait son revolver tout en montant l'escalier. Il n'avait pas le choix. Il devait continuer même si c'était un cul-de-sac.

Il s'engouffra dans la salle de biologie et claqua la porte derrière lui. Elle n'avait pas de verrou et toutes les tables étaient fixées au sol, l'empêchant d'en faire une barricade. L'escalier en colimaçon se dressait devant lui. Il gravit les marches métalliques en courant, franchit une petite porte et déboucha sur le toit. Là, il reprit son souffle et chercha un moyen de s'échapper.

C'était un toit plat, entouré d'une rambarde. Des plantes plus mortes que vives languissaient dans une douzaine de pots de terre cuite. Alex sentit une odeur de fumée monter des fenêtres du rez-de-chaussée, deux étages plus bas, et comprit que les extincteurs n'avaient pu venir à bout des flammes. Le gaz et les produits chimiques devaient alimenter l'incendie. Il était sur une bombe à retardement ! Il lui fallait vite trouver un moyen de s'échapper.

Des pas résonnaient déjà dans l'escalier métallique. Alex se jeta derrière une serre.

La porte du toit s'ouvrit et une bouffée de fumée jaillit derrière le faux Alex, qui avança d'un pas. Alex se trouvait maintenant derrière lui.

— Où es-tu ? cria l'autre, les cheveux dégoulinant d'eau, le visage déformé par la rage.

Alex comprit que c'était le moment ou jamais. Il n'aurait pas une seconde chance. Il s'élança. L'autre fit volte-face et tira. La balle le toucha au bras, mais il était déjà sur lui. Il lui crocheta le cou d'une main et, de l'autre, lui tordit le poignet pour le forcer à lâcher son arme. Il y eut une énorme explosion dans le laboratoire et tout le bâtiment en vibra, mais aucun des deux garçons ne parut s'en apercevoir. Ils étaient enlacés, deux reflets d'une même image, le revolver au-dessus de leurs têtes, luttant pour s'en emparer.

Les flammes dévoraient le bâtiment, nourries par les produits chimiques. Elles jaillirent sur le toit, faisant fondre le revêtement. Au loin, des sirènes de pompiers hurlaient. Alex tira de toutes ses forces pour essayer d'abaisser le revolver. L'autre s'agrippait à lui, jurant haineusement en afrikaans.

L'issue du combat survint subitement.

Le revolver tomba et glissa sur le toit. L'un des Alex écarta l'autre d'un coup de poing, et plongea pour rattraper l'arme.

Il y eut une seconde explosion et un rideau de flammes s'éleva en l'air. Un cratère s'ouvrit dans le toit et avala le revolver. Le garçon s'en aperçut trop tard et tomba dans le trou béant. Il poussa un hurlement et disparut dans les flammes et la fumée.

Alex Rider s'approcha du cratère.

L'autre Alex Rider gisait sur le dos, deux étages plus bas. Il ne bougeait plus. Les flammes se refermaient sur lui.

Le premier camion de pompiers était arrivé dans le collège. Une grande échelle se hissa vers le toit.

Un garçon vêtu d'un blouson et d'un pantalon en jean enjamba la rambarde et commença à descendre.

À SUIVRE...

Les nouvelles aventures d'Alex Rider dans *Skeleton Key, l'île de tous les dangers*

Tu retrouveras Alex Rider – le véritable, pas son clone ! – dans une troisième aventure qui le conduira à Cuba cette fois...

Skeleton Key, une île des Caraïbes, proche de Cuba... Ce « paradis » tropical aux eaux infestées de requins est le repaire d'un inquiétant personnage, Alexis Sarov, ancien général de l'Armée rouge, qui a transformé sa propriété en un véritable camp retranché...

Alex Rider est chargé par la C.I.A. de découvrir ce qui se trame dans le bunker du général Sarov. Une mission des plus difficiles et risquées pour le jeune espion de quatorze ans. Son courage, son intelligence – et les quelques ingénieux gadgets concoctés spécialement pour lui par les services secrets britanniques – seront-ils suffisants pour sauver la planète des plans déments de Sarov ?

ANTHONY HOROWITZ

Né en 1957, Anthony Horowitz vit depuis plusieurs années à Londres. Auteur de scripts pour la télévision, il a aussi et surtout écrit des romans pleins d'humour pour la jeunesse.

Dans le genre du policier comme dans celui du fantastique, ses succès ne se comptent plus. Plusieurs prix sont venus couronner son œuvre, notamment le Prix Polar-Jeunes 1988 pour *Le Faucon malté*, le Prix européen du Roman pour Enfants 1993 pour *L'île du crâne* et le Grand Prix des Lecteurs *de Je Bouquine* en 1994 pour *Devine qui vient tuer*.

Avec la série des aventures d'*Alex Rider*, il réinvente avec brio le thriller d'espionnage pour les jeunes et connaît déjà un très grand succès en Grande-Bretagne et aux États-Unis.

TABLE

« Pour l'éditeur, le principe est d'utiliser des papiers composés de fibres natu-relles, renouvelables, recyclables et fabriquées à partir de bois issus de forêts qui adoptent un système d'aménagement durable. En outre, l'éditeur attend de ses fournisseurs de papier qu'ils s'inscrivent dans une démarche de certification environnementale reconnue. »

Composition Jouve - 53100 Mayenne
Nº 334350r
Achevé d'imprimer en Espagne par LIBERDÚPLEX
Sant Llorenç d'Hortons (08791)
32.10.2464.9/02 - ISBN : 978-2-01-322464-2
Loi nº 49-956 du 16 juillet 1949 sur les publications destinées à la jeunesse
Dépôt légal: avril 2008